1.ª edición, octubre 1996
19.ª impr., febrero 2016

ISBN: 978-84-207-7513-5
Depósito legal: M-31205-2011

Impreso en España - Printed in Spain

ESPACIO

ABIERTO

ESPACIO
ABIERTO

Diseño y cubierta de
Manuel Estrada

E S P A C I O A B I E R T O

Manuel L. Alonso

Rebelde

ANAYA

Este libro no es una segunda parte, aunque existe un libro, El impostor, escrito hace siete años, diferente en muchos aspectos, cuya acción termina unos meses antes del comienzo de Rebelde.

La causa de que yo haya reanudado la historia de Eduardo no es otra que la insistencia —que ahora agradezco— de centenares de lectores que me hicieron saber su opinión de que El impostor era un libro incompleto. El propio Eduardo ha alzado su voz a menudo en estos siete años para acusarme de haberlo dejado en manos del infortunio y la incertidumbre en las últimas páginas de aquel libro.

Tengo una deuda de gratitud con las escasas personas que conocieron esta historia antes de la redacción definitiva y me brindaron valiosas reflexiones. Con Rosalía, que me dio ideas que mejoraban el argumento. Y con Antonio Vivaldi, compañía constante.

1

Salté la tapia por un lugar donde la alambrada que la remataba estaba rota, y me dejé caer sobre el césped del otro lado.

Era la primera vez en muchos meses que hacía algo ilegal, desde aquella época que una y otra vez volvía a mi memoria. Pero apenas podía decirse que aquello fuese un delito. Era agosto, hacía mucho calor, allí había un club privado con una buena piscina, y yo llevaba el bañador puesto bajo los vaqueros.

Agachado entre los árboles, robustos chopos y sauces cuyas ramas me ocultaban, esperé por si alguien me había visto. Los empleados llevaban pantalón y camiseta de color blanco, con un escudo serigrafiado. Los había estado observando desde fuera. A decir verdad, también había estado observando a las chicas. Las hijas de los ricos, de los verdaderamente ricos, casi siempre son guapas. Tienen el color de piel y la facilidad de movimientos de quien ha crecido practicando deportes, dientes muy cuidados, esa seguridad en uno mismo que sólo se adquiere en la cuna.

Nadie se fijaba en mí. Rápidamente me quité la ropa y la metí en la mochila. En bañador, caminé por el césped hacia la piscina. Había una ligera brisa que movía las hojas de los árboles con un susurro; podía oír los golpes secos de raqueta de quienes jugaban al tenis. Dejé la mochila donde no llamase la atención y me zambullí de cabeza.

El agua estaba fría, limpia, perfecta. Nadar siempre había sido mi deporte favorito. Nadar y leer son cosas que se pueden hacer a solas y por poco o ningún dinero; llevaba meses sin hacer prácticamente otra cosa.

Hice un largo a crol, despacio, disfrutando de la sensación de haberme librado del calor y de ser un intruso sin un duro en el club de campo más selecto de la ciudad. Los bolsillos de mis vaqueros estaban vacíos. Llevaba más de veinticuatro horas sin probar bocado.

Tenía diecisiete años y odiaba a todo el mundo.

Empecé otro largo, a braza. Eso me permitía ver a las chicas sentadas en el borde. Eran dos gemelas muy morenas, con buen tipo. Observé cómo dos chicos musculosos se acercaban a ellas. Comenzaron a hablar de esas tonterías de las que hablan los ricos: viajes a lugares de moda, bares de moda, personas de moda a quienes se cita con familiaridad. No tenían nada que ver conmigo, pertenecían a otro mundo. Desde el principio del verano, yo me había dedicado a limpiar váteres en un cámping.

Llegué al extremo de la piscina, me icé a pulso y me senté en el borde. Era una buena piscina. Tenía dimensiones olímpicas, no había rastros de suciedad de los bronceadores, y en ese momento sólo disfrutaban del agua tres o cuatro personas. Me fijé en ellas. Había una chica que nadaba muy bien, a mariposa. La mariposa no suele ser el estilo favorito de las chicas, y durante un buen rato la estuve contemplando con interés.

Vi cómo se acercaba para descansar junto al grupito sentado en el borde a pocos metros de mí. Sólo podía ver su cara de perfil. No estaba mal. Los otros le dijeron algo, bromeando, y vi cómo se izaba también a pulso hasta quedar sentada junto a ellos.

Entonces pude contemplarla detenidamente.

Dos o tres veces en toda mi vida he sentido algo semejante a lo que sentí en aquel momento; no sé qué nombre darle: un atisbo del futuro, una premonición, una corazonada. Es algo puramente físico: uno siente como si dos dedos invisibles le pellizcaran el pecho hasta llegar al corazón, y durante unos segundos ni siquiera es posible seguir respirando.

Ella me estaba mirando. Rectifiqué mi primera impresión; pensar que no estaba mal era ser sencillamente mezquino. La palabra más pálida que se me ocurrió en aquel instante para calificarla fue «preciosa». No era muy alta ni tenía un físico espectacular, pero sus ojos y sus labios eran los más bonitos que yo había visto nunca.

Uno de sus amigos le ofreció un cigarrillo, y al llevárselo a los labios ella echó atrás el pelo con un movimiento lleno de gracia. Ya no me miraba, pero yo tenía la impresión de que era tan consciente de mi presencia como yo de la suya. Me levanté y me aproximé despacio.

—Hola, ¿me dais un cigarro?

Las gemelas me sonrieron, o tal vez sonreían al ver mi bañador pasado de moda y descolorido. Los dos tíos se tomaron su tiempo antes de ofrecerme la cajetilla de Marlboro. Yo sólo la miraba a ella. Ella tenía gotitas brillantes como perlas diminutas en las pestañas, y eso daba un brillo especial a su mirada. Se limitaba a observarme con curiosidad.

—¿Me dais fuego?

El más fuerte de los dos amigos me tendió un mechero. El bíceps vibró en su brazo bronceado. Me pregunté si sería un truco para impresionar. Yo era alto y no estaba mal proporcionado, pero estaba lejos de parecerme a esos tipos de músculos relucientes que se exhiben en algunas piscinas.

—¿Cómo te llamas?

En la voz de ella no pude rastrear ningún interés especial. Pensé que su pregunta era simple cortesía de chica bien educada.

—Eduardo.

—Eduardo, me parece que están a punto de echarte.

—¿Qué?

No comprendí lo que quería decir. Seguí la dirección de su mirada y vi venir hacia mí dos de aquellos empleados vestidos de blanco. Aquéllos sí que eran tipos fuertes. Uno se enfrentó conmigo y el otro se situó casi a mi espalda. Supuse que me preguntarían: «¿El señor es socio del club?», y que alguien me diría algo así como: «Hay una ligera confusión», y todo se arreglaría entre caballeros. Pero el que estaba frente a mí me miró de arriba abajo y gruñó:

—Tienes cinco segundos para recoger tus cosas y largarte, vagabundo, si no quieres que llame a la policía.

Nunca he podido soportar que me ofendan sin necesidad. Lo que algunos no entienden es que se puede vivir como un perro y seguir teniendo dignidad. Yo intentaba conservarla y no me gustaba que atentasen contra ella. El hombre estaba a punto de cogerme del brazo. Di un paso atrás, pálido, humillado por el ridículo.

—Ni se te ocurra tocarme —advertí.

Fui hacia mi mochila seguido de cerca por aquellos dos imbéciles. Alguien se reía a mi espalda. Me pareció oír una voz:

—Adiós, Eduardo.

Me giré con rabia, pensando que era ella quien había hablado. Pero no hacía sino mirarme con una expresión intensa que me hizo pensar que estaba de mi parte.

Me puse el pantalón sobre el bañador mojado, y pasé junto al grupo sin ninguna necesidad, sólo para mirarla por última vez.

—Gracias por el cigarro —dije.

Nadie respondió. Ella cogió la cajetilla de Marlboro y la dejó caer en el interior de mi mochila sin dejar de mirarme de aquella extraña manera que hacía imposible que yo me sintiese ofendido. Sus labios se movieron sólo para mí, susurrando una palabra:

—Suerte.

Más tarde, caminando a pleno sol por la carretera, mientras hacía autostop, pensé en ese misterio de la suerte. Toda para unos pocos, casi nada para los demás, nada absolutamente para mí.

Y recordé aquel día, nueve meses antes, en que mi vida cambió en un instante.

El día en que asesinaron a mi padre.

2

Mi padre no fue un santo, pero ¿quién quiere tener un padre que sea santo? A lo largo de su vida perjudicó o defraudó a muchas personas, empezando por mi madre, y engañó a unas cuantas. Sin embargo, nunca infligió un daño físico o moral grave deliberadamente.

Tenía su manera personal de ver la vida, un código propio y firme, que es más de lo que se puede decir de muchos ciudadanos de finales del siglo XX. Tomaba lo que necesitaba sin el menor respeto hacia el enfermizo sentido de la propiedad de otros, pero no intentaba acaparar más de lo necesario como tantos que presumen de honrados. Se veía a sí mismo como un caballero en una época sin lugar para los caballeros. Los demás le designaban con otros nombres, principalmente con el de estafador.

Una tarde de lluvia, en un solitario paseo de Mallorca, donde vivíamos, un hombre le acuchilló por sorpresa. Murió pocos minutos más tarde. Su asesino logró escapar; fue detenido al cabo de unos días, cuando intentaba abandonar la isla. Le vi una sola vez; parecía más estúpido que malvado, pero a menudo ésos son los seres más peligrosos. Había actuado por venganza, años después de sufrir un timo insignificante que otro hubiese olvidado pronto.

Yo acababa de cumplir diecisiete años. Mi madre había muerto también, dos años antes. Tenía en Madrid unos parientes con los que había vivido un tiempo, y tuve que volver con ellos.

Buscando a su asesino, la policía investigó los últimos pasos de mi padre y averiguó que había nueve millones de pesetas, producto de su último golpe, esperando en los bancos mi mayoría de edad. Se incautaron del dinero. Mis tíos de Madrid supieron así que mi padre había sido un delincuente (un vulgar delincuente, dijo mi tío, y yo le respondí que mi padre jamás fue vulgar como él).

Los que ya eran mi única familia se comprometieron ante un juez a hacerse cargo de mí hasta mi mayoría de edad, más por sentido de la responsabilidad que por cariño hacia mí. Pero pronto la convivencia se hizo difícil. Acechaban en mí el estigma, la huella de las enseñanzas de mi padre. Identificaban la bondad y la rectitud con la carencia absoluta de pensamiento original, y el tener ideas propias con la maldad y el peligro. Yo tenía ideas propias o, peor aún, heredadas de aquel a quien nunca nombraban.

Empezó un nuevo año; yo cumpliría los dieciocho a finales de octubre. Me sentía incapaz de resistir diez meses en aquella atmósfera asfixiante. Consiguieron que me readmitiesen en el instituto, después de haber perdido todo un trimestre, pero cuando llegó el día de volver a clase, yo no me sentía capaz de hacerlo. Ese día de enero, en Madrid, los termómetros marcaban cuatro grados bajo cero y la contaminación podía masticarse; aun así, me fui a vagar por la ciudad.

Al día siguiente hice lo mismo, y al otro. Recorría la ciudad a pie, o llegaba en metro hasta barrios que no había pisado en mi vida. Observaba, como el escritor o el pintor que toma notas mentales sin saber cuándo le serán de utilidad, no hablaba con nadie, distinguía entre la multitud al ladrón, al estafador, al policía.

Al final del día, mis tíos me preguntaban por las clases. Les decía lo menos posible, porque en el fondo me repugnaba mentir.

Y volvía a vagar por las calles. No sabía lo que esperaba, no tenía ningún proyecto, paladeaba el sabor ácido de la libertad y la soledad.

Como era inevitable, mis tíos descubrieron mis faltas a clase y me acusaron de estar abusando de ellos. Me profetizaron que acabaría siguiendo los pasos de mi padre. Tuvimos una disputa y pronunciamos palabras de las que después fue imposible olvidarse. Finalmente les convencí para que me dejaran marchar.

Me dieron su consentimiento con alivio mal disimulado. Mi tía lloraba con aplicación, mi tío me dio consejos para conducirme en la vida; cada uno, por separado, me entregó un poco de dinero. Me fui con mi mochila por todo equipaje: en ella había unos vaqueros de repuesto, dos o tres camisetas y un suéter, y algunos libros. No necesitaba más.

Mi tío me había dado la dirección de un amigo suyo, dueño de un bar para turistas en Marbella, y viajé hasta allí haciendo autostop.

Me quedé un mes. Servía cervezas en una terraza al lado de la playa, en un ambiente que me recordaba demasiado el de Mallorca. Mi jefe se enfadaba conmigo porque no pronunciaba más palabras que las imprescindibles, porque no sonreía jamás a los clientes. Lo que a mí me importaba era que podía ahorrar íntegro el escaso salario, porque comía y dormía en el mismo bar. Con aquel dinero corté amarras definitivamente.

Durante algunas semanas viajé haciendo autostop por Andalucía. Me quedé un tiempo en Cádiz y después en Granada, que fueron las ciudades que más me gustaron. Dormía en las pensiones más baratas y comía casi únicamente bocadillos.

Adelgacé tanto que los pantalones se me escurrían hasta las caderas; de pura debilidad me sangraban las encías, y hasta tenía la impresión de que se me empezaba a caer el pelo. Procuraba evitar a la policía y a los colgados más curtidos y veteranos que yo, que con frecuencia se acercaban para ver qué podían conseguir de mí. Siempre estaba solo.

Sin embargo, en Granada conocí a un par de colegas que estaban a punto de viajar hacia Barcelona, donde tenían trabajo como ayudantes de cocina en un gran restaurante. Me uní a ellos y repartimos los gastos de la gasolina; tenían un coche prehistórico al que le costó un día entero llegar a Barcelona.

El dueño del restaurante no quiso admitirme. Quería alguien con experiencia, y yo no sabía una palabra de cocina como quedó patente en la prueba que me hizo. Pero conocía a alguien que estaba buscando un chico para trabajar en un cámping, y me dijo que volviera en un par de días. Pase esos dos días sin comer, recorriendo Barcelona de la mañana a la noche y durmiendo a ratos en cualquier parte.

Tal vez otro, en mi lugar, hubiera pensado en lo sencillo que podía ser el arrebatarle el bolso a una vieja, o la cartera a un jubilado, pero yo me había propuesto no delinquir. Mi padre había muerto en mis brazos culminando una larga carrera de delincuente, y yo no quería seguir sus pasos. Había un oscuro enemigo al que me había propuesto conjurar: la mala suerte, el destino.

Volví al restaurante y me confirmaron que podía ir al cámping, en un pueblo de la Costa Brava del que yo ni siquiera había oído hablar. Hubiese ido al fin del mundo: en sólo cinco meses transcurridos desde el día en que había salido de Madrid, había hecho un largo camino del que no dejaba de advertir que me conducía insensiblemente pendiente abajo.

El verano estaba a punto de comenzar, yo estaba cansado de ir a la deriva, y no me vendría mal detenerme por algún tiempo. El tipo de trabajo que tuviera que hacer me daba lo mismo.

Así fue como me encontré barriendo suelos, reparando alambradas, limpiando váteres. Me levantaba al amanecer y me acostaba de madrugada. Vivía al sol, sin camisa, sin problemas. Incluso podía aumentar mis conocimientos de alemán y de inglés con algunas de las chicas que pasaban por el cámping. Había unas cuantas pequeñas playas y calas que se prestaban a las veladas románticas.

Pero en lo más hondo de mí había un nudo de rencor, duro como el diamante, que me hacía sentir ajeno a cualquiera que tuviese pensamientos y deseos normales. No deseaba el cariño ni la simpatía de nadie. Las pocas veces que besé a alguna chica lo hice sin poder librarme de un profundo sentimiento de melancolía, de impostura, como un usurpador tomando algo a lo que no tiene derecho.

Al cabo de un mes y medio tuve una discusión con mi jefe y dejé el trabajo.

En agosto, una serie de trayectos en autostop, dejándome llevar por los flujos de los ciudadanos en vacaciones, acabó devolviéndome a Madrid.

16

No llamé a mis parientes. Fui al albergue de la Casa de Campo, donde había gente de mi edad de todos los países, y permanecí tres días. El tercero gasté mi último billete. Por la mañana, mientras recogía mis cosas, un japonés que ocupaba la litera de al lado me invitó a un par de galletas. Fue lo único que comí en todo el día. Esa noche la pasé en un banco de Recoletos, después de intentar dormir en la estación de Chamartín, de donde me echaron a medianoche.

Al día siguiente salí de Madrid andando por una carretera cualquiera.

Supongo que anduve un par de horas. Los coches pasaban a mi lado a toda velocidad azotándome con ráfagas de aire caliente. En el asfalto se pudrían al sol los restos de los animales atropellados. No tenía hambre. Mis piernas se movían solas, un paso tras otro.

Cerca del mediodía, me detuve a mirar a través de los setos a aquellos privilegiados del club de campo, sentí el impulso de saltar y...

...allí estaba, de nuevo en la carretera, regresando a la ciudad porque lo mismo daba un lugar que otro y era precisamente en la gran ciudad donde podía desplegar más recursos para sobrevivir.

Oí que me pitaban desde un coche, pero no me molesté en mirar. Cualquiera que haya recorrido bastantes kilómetros en autostop sabe que hay imbéciles a los que les gusta pitar porque sí, para llamar la atención, porque se sienten importantes metidos en su coche mientras otro lo pasa mal.

Tenía el sol sobre mi cabeza. Calculé que serían las dos. A veces, recordando una de las manías de mi padre, me resistía a usar reloj. Mi padre tenía una verdadera obsesión con ser dueño de su tiempo, y solía decir que prescindir del reloj es un lujo supremo.

Pitaron de nuevo. El coche venía tras de mí, muy despacio, por el arcén. Era un Toyota blanco. Se aproximó hasta quedar a mi altura. Sin dejar su puesto ante el volante, ella se inclinó y me abrió la puerta de la derecha.

La miré fijamente, sin decir una palabra. Aún tenía el pelo húmedo, un pelo brillante entre rubio oscuro y castaño rojizo, que no olía al cloro de la piscina. Había tenido tiempo de ducharse y lavarse la cabeza. Llevaba un vestido negro muy ligero, probablemente de algodón, escotado. Le sentaba muy bien. Pero cuando realmente estaba guapa hasta cortar la respiración era cuando sonreía. Sonrió en exclusiva para mí. Tenía los labios gruesos, en eso no se parecía a la única chica de la que yo había estado enamorado en mucho tiempo.

—Cumplí los dieciocho hace dos semanas, y sólo llevo conduciendo este trasto desde el lunes. Te lo advierto lealmente por si te da miedo subir, Eduardo.

Gruñí una de esas tontas frases que las mujeres consideran, con razón, infantiles:

—A mí no me da miedo nada.

Subí y me senté a su lado.

3

M e llamo Ana.
—Gracias por recogerme —dije sin sonreír—. ¿Por qué lo has hecho?

—No sé. Estabas muy gracioso, andando por la carretera como un flamenco.

—¿Un flamenco?

—Ya sabes, esas aves con las patas muy largas y muy delgaditas. Tú también tienes las piernas muy delgadas.

No me miraba. Como todos los conductores novatos, iba en tensión y sujetaba el volante con innecesaria fuerza. Hice un rápido cálculo y deduje que tenía tres meses más que yo.

—¿Cómo sabes que tengo las piernas...? —empecé, y me callé al reparar en que me había visto en bañador un rato antes—. ¿Se puede saber de qué te ríes?

—No suelo hablar con los chicos acerca de sus piernas.

—Yo tampoco.

Puso la radio. Reconocí el final de una canción de Elton John. El coche era cómodo, la carretera estaba prácticamente desierta y Ana adelantaba con facilidad a conductores más lentos. Contemplé la línea del cielo de Madrid, razonablemente nítida a pesar del calor. En quince días regresarían uno o dos millones de ciudadanos, y con ellos la contaminación y el absurdo modo de vida de la gran ciudad.

En la radio, uno de esos locutores que trabajarían gratis sólo para poder exhibir sus conocimientos de inglés, anunció un tema de los Dire Straits. Me estremecí. Si había algo que por encima de todas las cosas me recordaba los últimos días con mi padre, eran las canciones de Dire Straits.

—*Sultans of Swing* —dijo Ana—. Me gustaría saber tocar así.

—¿Tocas la guitarra?

—Un poco. Y también el piano y... Bueno, ya sabes, lo típico.

¿Lo típico? Creía que lo típico era no saber una palabra de música. Yo no sabía tocar ningún instrumento, y en mi vida había conocido a una chica que tocase el piano. Pensé todo eso, pero no se lo dije. Ella ya sabía que yo no era de su clase. La forma en que nos habíamos conocido hacía innecesarias las explicaciones.

—¿Cómo crees que podían saber que yo no era socio del club?

—Posiblemente te han visto saltar. Tienen cámaras que cubren todo el perímetro. Y de todas formas prácticamente nos conocen a todos. Es un club muy selectivo.

Pronunció la palabra irónicamente, desmarcándose en mi honor de aquel ambiente. Y por si no había quedado suficientemente claro, añadió:

—En realidad, casi no tengo amigos ahí. Pero es una buena piscina, y nadar es una de mis debilidades.

—Supongo que también montas, y esquías y... Ya sabes, lo típico.

Me lanzó una rápida mirada. Sus ojos eran verdigrises. Supongo que ésa es la palabra, y pocas veces una palabra ha resultado más insuficiente para definir una tonalidad cambiante, tan bella y llena de matices como su mirada. Se pasó la punta de la lengua por los labios. Sólo era un gesto instintivo porque se sentía atacada, pero me pareció tan *sexy* que si no hubiese estado al volante la habría besado.

—¿Qué te pasa? ¿Eres uno de esos resentidos que odian a los ricos? ¿En qué época vives tú, en la Rusia de los zares? ¿Tengo que pedirte disculpas porque mis viejos tienen pasta?

—Vale.

—Vale, ¿qué? ¿Vale qué, tío?

—Cuando te enfadas estás preciosa —dije, al estilo de los vaqueros de las viejas películas.

—Pues tú estás muy bueno —respondió ella con la misma naturalidad que si me estuviese preguntando la hora—. Pero creo que no funcionaría.

—¿De qué hablas?

—Tú y yo. No funcionaría. Me gusta la gente con buen carácter, y tú pareces insoportable.

—Gracias —gruñí.

—De nada. ¿Dónde te dejo?

Me encogí de hombros. Tenía la impresión de haber librado una pequeña batalla y haberla perdido. Pensé que no me gustaban las chicas de Madrid. Demasiado..., ¿cuál podría ser la palabra?..., desenvueltas, tal vez.

—Yo voy a Príncipe de Vergara, un poco más abajo de la plaza Marqués de Salamanca. ¿Te va bien?

Ni siquiera estaba seguro de saber dónde quedaba aquello, pero le dije que sí.

—¿En serio no quieres que te lleve a alguna parte? ¿Tienes dónde ir, por lo menos?

Sus ojos —ya no eran verdigrises, sino de un verde líquido y profundo— me miraban sin hostilidad. Me dije que seguramente las chicas como ella aprendían pronto a no alterarse con los plebeyos.

—Claro —mentí.

—¿Dónde vives? ¿Vives con tus padres?

No me gusta la gente que hace preguntas personales. Como el Huckleberry Finn, de Mark Twain, me había acostumbrado a pensar que siempre que había una persecución era a mí a quien buscaban, y que toda pregunta de índole privada encerraba el propósito oculto de atraparme. En espera de mi respuesta, Ana había detenido el coche a un lado de la avenida por la que entrábamos en Madrid, sin preocuparse por los que pitaban indignados.

—Vente a comer conmigo —sugirió de pronto.

—Gracias, pero no tengo pasta y me gusta pagar mi comida.

—No hablo de un restaurante. Me refiero a mi casa.

Dije que de acuerdo, y condujo con asombrosa temeridad a través de las calles más céntricas de Madrid. Yo estaba temiendo que me ofreciese el volante y eso me obligara a confesar que no podía conducir porque aún no había cumplido los dieciocho. Pero estaba claro que se había empeñado en domar al Toyota como a una bestia mecánica de mil kilos, y no quería perderse nada de la diversión.

La observé mientras se concentraba en conducir, preguntándome qué me gustaba tanto en ella. Pero no era nada que se pudiera enumerar o enunciar, sino algo como una reacción química o eléctrica de mi cuerpo junto al suyo, un perfume que no se percibía por el olfato, una inquietud desconocida que me ponía un nudo en la garganta. Me pregunté si a ella le pasaría algo parecido.

Llegamos ante una sólida casa burguesa con paredes tan gruesas como las de una prisión. Ana entregó las llaves del coche al portero y me empujó escaleras arriba sin esperar al ascensor.

Se detuvo en la primera planta, rotulada con la palabra «Principal». Yo no había vuelto a encontrar aquella palabra en una escalera desde que era un niño pequeño. Y cuando ella abrió la puerta retrocedí aún más en el tiempo, tal vez hasta la casa de mis abuelos cuando yo era un bebé. La razón estaba probablemente en los olores: cuero y productos de limpieza artesanos, y el casi imperceptible aroma de la seda.

Ana me precedió por un salón absurdamente grande con diversos ambientes. Divanes y butacas en torno a mesitas en las que brillaban los ceniceros de plata. Al fondo, en la penumbra, un pájaro tropical me observaba desde una jaula tan grande como una cabina telefónica; junto a una ventana, con el tronco dividido en segmentos por las líneas de luz que se filtraban a través de la persiana, en una mecedora, una mujer se había quedado dormida o muerta con un libro en las manos.

—No hagas mucho caso de la abuela —susurró Ana señalándola.

La abuela abrió los ojos y sonrió a su nieta.

—Abuela, éste es Eduardo, le he invitado a comer.

Ana me cogió de la mano y tiró de mí sacándome del salón. Desde el pasillo oí la voz de la vieja:

—Encantada, Fernando.

Atravesamos un pequeño comedor y entramos en la cocina, donde había una chica de uniforme. Creo que me quedé con la boca abierta, porque hasta entonces había supuesto que las empleadas domésticas de uniforme sólo existían en las comedias.

Ana y ella no tardaron en ponerse de acuerdo acerca del menú (mi estómago se puso a dar saltos al oír la palabra «solomillo»), y un cuarto de hora más tarde estábamos sentados a la mesa en el pequeño comedor, con unos entremeses más que aceptables, en los que el jamón brillaba con luz propia, ante nosotros.

Ana me explicó que su abuela comía mucho más temprano y que sus padres estaban de vacaciones. Me mostró muy seria una botella de rioja tinto del año no sé cuántos para ver si yo opinaba que iría bien con la carne, y luego luchamos para abrirla durante un buen rato contra un corcho que se deshacía.

Recuerdo ese momento preciso que destaca entre los restantes minutos de aquel día no precisamente inocuo: la veo inclinada hacia la botella rebelde, su cabeza rozando la mía y su cabello acariciando mi cuello, una de sus manos pequeñas y fuertes sobre una mía oprimiendo el gollete de la botella, su risa tonta y contagiosa, y de pronto sus ojos mirándome fijamente y sus labios en mis labios.

4

No es fácil encontrar una rosa en un jardín público un día de agosto, ni vencer los escrúpulos para cortarla cuando hay un montón de gente mirándote, pero allí estaba yo con mi rosa, que no era roja como hubiera deseado sino una rosa rosa.

Me fijé en que la casa tenía una entrada de servicio, y por un momento temí que el portero me ordenase entrar por ella, pero no fue así y llegué sin tropiezos al piso principal. Me abrió la chica de uniforme con una sonrisa y me hizo pasar al salón asegurándome que Ana saldría enseguida.

La abuela ocupaba el que parecía ser su lugar de costumbre, con un libro en las manos. Me di cuenta de que el libro era nada menos que un ensayo antropológico y me pregunté si la buena señora lo leía de veras o sólo lo sostenía como elemento decorativo. En realidad no era una anciana como me había parecido el día anterior; a pesar de su pelo enteramente blanco, no tendría más de sesenta años.

—Ah, hola, Fernando —me saludó—. ¿Cómo van los estudios?

—Me llamo Eduardo, señora.

—A Esperancita, este curso le han quedado dos. Claro que lo que estudia Esperancita es muy difícil.

Inclinó la cabeza a un lado en espera de mi respuesta, con un gesto muy semejante al del pájaro que tenía junto a ella. No me pareció oportuno preguntar quién era esa Esperancita y me limité a sonreír con cara de nada.

—¿Hace mucho que salís Esperancita y tú?

—No salgo con Esperancita —confesé.

—Mi marido y yo no nos separábamos nunca —explicó—. Bueno, excepto por cuestiones de servicio y cuando yo no podía acompañarle porque el niño era muy pequeño. Cuando estuvimos destinados en África vivíamos en una cabaña de adobes. Durante la sequía, el río se evaporaba por completo y una ni siquiera podía asegurar dónde estaba el cauce; después llegaban las lluvias y todo se inundaba. Yo tenía que abandonar mi casa y todas nuestras cosas con el chiquitín en brazos. Sólo me llevaba su biberón y el monedero.

—Abuela, ¿ya estás otra vez? —dijo Ana inesperadamente desde la puerta—. Aburrirás a Eduardo.

—Se llama Fernando.

—No me aburre, todo lo contrario.

Ofrecí la rosa, que había perdido parte de su lozanía, a Ana. Ella lanzó un gritito de satisfacción y me premió con un beso en la mejilla. Desde el único beso del día anterior («No seguiremos adelante; no funcionaría», había dicho ella) nos habíamos comportado como dos compañeros, sin miradas pícaras ni alusiones. Pero no pude evitar el mirarla un poco impresionado por lo guapa que se había puesto.

Hay chicas que pueden usar vestidos largos y escotados o pantalones muy cortos, y todo les queda bien. No sólo es cuestión de piernas. Cuenta también el estilo, la clase. Ana tenía clase. Llevaba un vestido con escote en uve, abotonado por delante de arriba abajo, blanco y negro, y sandalias de cuero; se había recogido el pelo muy tirante, en una cola de caballo alta como las de las bailarinas, y así su cabello parecía más claro, y su cuello más fino, y sus ojos todavía más grandes.

—Estás guapísima.

—Tú también.

Yo me sentía cualquier cosa menos guapo. Desde los entremeses y el solomillo del día anterior, estaba sin probar otra cosa que agua de las fuentes.

—¿Nos vamos? Hasta luego, abuela.

—Adiós, bonita. Adiós, Fernando.

Ya en la calle, pregunté quién era Esperancita.

—¿La abuela te ha hablado de ella? Era mi tía, la hija menor de mi abuela. Todos dicen que me parezco mucho a ella. Murió cuando yo era pequeña.

Era media tarde. El calor mantenía desiertas las calles. Los escasos peatones caminaban a paso lento, pegados a las fachadas para aprovechar la sombra de los edificios. El asfalto absorbía el calor y lo devolvía multiplicado. La mochila me pesaba como uno de esos diablos que en ciertas leyendas se encaraman a la espalda de sus víctimas.

—¿Por qué llevas siempre esa mochila? —preguntó Ana—. ¿Quieres que volvamos para coger el coche? ¿No? Pues entonces déjame que te la lleve un rato.

—Ni hablar.

No podía imaginármela con mi mugrienta mochila sobre su espalda, que el vestido dejaba al descubierto.

Sin hacerme el menor caso cogió la mochila y tiró de ella hasta conseguir su propósito. Se la puso dejándome conmovido y avergonzado.

—Y ahora, como estoy segura de que no has comido, vamos a que comas algo.

—Ni hablar.

—Ni hablar, ni hablar... ¿Es que no sabes decir otra cosa? A partir de ahora te llamaré Señor Ni Hablar. ¿Qué te parece?

—Y yo a ti te llamaré Anuska.

—Muy propio de la Rusia de los zares. Me gusta.

Acabamos en un bar donde devoré dos bocadillos y consiguió hacerme confesar que, efectivamente, yo no tenía dinero ni para cenar. Le conté algo acerca de mi vida con mi padre, muy poco; de todas maneras era la primera vez que hablaba de ello con alguien. También le conté cómo había vivido desde la muerte de mi padre. Ella me escuchaba con los ojos muy abiertos, unos ojos tan pronto grises como verdes, según su estado de ánimo mientras iba escuchando mi relato.

Dijo que yo tenía mucho valor, y que me admiraba, y que ella hubiera sido incapaz de hacer la mitad de las cosas que yo había hecho, sobre todo a solas.

—Yo necesito a la gente, tener a mi lado a alguien —confesó.

Nos habíamos instalado en una mesa en el sótano del bar, que probablemente por la noche estaría muy concurrido pero a esa hora permanecía desierto. La temperatura era fresca y se estaba bien. Ana dijo algo que me hizo reír, y me felicitó porque era la primera vez que me veía reír a carcajadas.

—Tenía miedo de que no supieras. Hay gente que no sabe reírse, que no se ríe jamás. A mí me dan un poco de miedo. La verdad es que tú también me das un poco de miedo. Pero eso te hace más interesante.

Yo no sabía si ella hablaba en broma o en serio. De repente abrió el bolso y sacó una libreta de ahorros y un talonario de cheques.

—Vamos a ver... —dijo examinando la libreta—. Nada, aquí no hay prácticamente nada. Pero en la cuenta tengo algo más de doscientas mil pelas. Te hago un cheque y las cobras mañana por la mañana. No, no digas nada. Ya me las devolverás. Yo no las necesito. Voy a reunirme con mis padres, y si me hace falta algo me lo darán ellos.

—¡Ni hablar! —protesté.

—El Señor Ni Hablar ataca de nuevo —sonrió—. ¿Qué te pasa? ¿No sabes aceptar un préstamo entre amigos?

—¡Pero si apenas me conoces! ¡Yo podría irme de Madrid mañana mismo con ese dinero!

—Estás muy guapo cuando te enfadas —respondió plácidamente.

Discutimos un buen rato. Yo ni siquiera podía entender cómo se le había ocurrido semejante idea. No estaba acostumbrado a la generosidad ajena; creo, y me siento mezquino al recordarlo ahora, que incluso desconfiaba de Ana. Al final tuve que acabar aceptando que me prestase una tercera parte de lo que tenía: noventa mil pesetas. Extendió un cheque por ese importe, lo firmó y me lo dio con la misma naturalidad con que me había dado en la piscina la cajetilla de tabaco.

Nos quedamos sentados allí hasta que el salón empezó a llenarse. Resultó que había leído casi todos mis libros favoritos —eso era tan importante como sus ojos— y que tenía ideas propias que yo podía compartir. Sabía escuchar. Le hablé de cosas que nunca le había contado a nadie.

Tenía ese sentido del humor que nace directamente de la inteligencia y de una sensibilidad afinada; me hizo confidencias para corresponder a las mías: le encantaban los bebés y dudaba entre adoptarlos o casarse a la primera oportunidad para tener uno, y como ambas posibilidades eran poco factibles, a veces trabajaba de canguro.

Naturalmente, le pregunté si no estaba saliendo con nadie. Las chicas como ella nunca están mucho tiempo sin novio. No quiso responderme. Tenía también sus secretos, y uno en especial relacionado con esa cuestión. Yo observaba, como me había enseñado a hacer mi padre, su lenguaje corporal. Vi que ocultaba el dedo pulgar en su puño cerrado y lo interpreté como el propósito de no revelar su secreto.

Conocía a todo el mundo. Los que entraban al bar la saludaban y se acercaban a darle dos besos. Yo me sentía incómodo, desplazado y ajeno al lado de aquella chica tan popular. Pero luego ella se volvía hacia mí con aquella sonrisa que no se parecía a nada en el mundo, y todo lo demás perdía importancia y dejaba de existir.

5

Cuando salimos a la calle, era casi de noche.

—Te acompaño —dijo Ana inesperadamente.

—¿Adónde?

—Pues a tu casa, es decir, a donde estés viviendo ahora. Supongo que tienes una habitación en alguna parte.

Hice un gesto afirmativo con la cabeza. Si tenía que mentir, al menos que fuese sin palabras.

—¿Qué es, un piso compartido? ¿O una pensión? —preguntó.

—Más bien una pensión.

—Bueno, ¿y por dónde está?

—Por allí —señalé una dirección cualquiera, preguntándome qué se proponía.

—Te estás preguntando qué me propongo —sonrió.

—¿Yo? Lo que pasa es que no me gustaría que vieras dónde vivo. Me da un poco de... Ya sabes.

—Sólo te acompañaré a la calle donde está —insistió—. Después tomaré un taxi.

Me encogí de hombros y empecé a conducirla hacia Alcalá y la Gran Vía, confiando en que ya se me ocurriría algo.

Creo que fue ella quien me dio la mano; lo cierto es que cuando me di cuenta de que caminábamos agarrados no supe quién había tomado la iniciativa. Atravesamos el centro hablando de todo y de nada en particular, como viejos amigos.

En Callao, un hombre la rozó al pasar, evidentemente con toda deliberación. Se paró y se la quedó mirando con insolencia, igual que si Ana hubiese sido una mercancía. Di un paso hacia él, pero Ana tiró de mí y siguió caminando sin hacer el menor caso.

—¿Por qué no me dejas que vaya y le rompa los brazos? ¿Quieres que lo mate? No tardo ni un minuto.

Se echó a reír. Una chica capaz de apreciar mi sentido del humor era, pensé, preferible a una pelea con un tocón viscoso. Añadí un par de frases solidarias acerca de lo incómodo que debía resultar ser una tía buena. Me encantaba hacerla reír. Mi experiencia con chicas no era muy grande, pero sí la suficiente para haber aprendido ya que a menudo las risas son el camino más corto para llegar a los besos.

En la plaza de España había gente tirada por el césped como si el calor los hubiera abatido de golpe. Bajamos por la Cuesta de San Vicente en dirección a la Casa de Campo. Me preguntaba si sería capaz de encontrar un modo de despedirme sin despertar las sospechas de Ana. Estuve a punto de pararme en un portal donde vi la placa de una pensión, pero pudo más la necesidad de apurar cada minuto que pudiese pasar con ella.

Había estado solo durante demasiado tiempo. Me sentía como un animal que encuentra una fuente al final de un largo camino. Bebía cada palabra y cada gesto de Ana sin poder evitar el pensamiento de que todo aquello era una especie de error, como un regalo con el destinatario equivocado. Estuve a punto de preguntarle por qué razón, pudiendo salir con cualquiera de aquellos pijos guaperas que la habían saludado en el bar, prefería estar conmigo.

Cuando llegamos cerca del río, me detuve y le dije que era mejor que no siguiese acompañándome.

—Voy a dormir en el albergue de la Casa de Campo. Si me acompañas hasta allá, no podrás encontrar un taxi.

—Puedo volver andando hasta el metro de Lago.

—¿De noche? Eso está lleno de gente poco recomendable.

—A veces utilizas expresiones muy finas —bromeó sin burlarse.

—¿No te da miedo nada?

Guardó silencio, como si estuviera meditando mi pregunta, mientras entrábamos en la Casa de Campo. Allí, entre los árboles, se podía respirar por fin, a salvo casi de la contaminación y el calor.

—Me da miedo la enfermedad.

Me miró de un modo muy raro, tal vez preguntándose si yo era digno de recibir una confidencia.

—¿Qué dirías si te contase que estoy enferma?

Nuestro camino estaba poco iluminado y yo no podía ver bien su expresión. No dije nada, no sabía qué decir. Había visto enfermar y morir a mi madre no hacía tanto tiempo, y no me sentía capaz de hablar de enfermedades con un tono ligero.

—Leucemia —susurró.

—¿Leucemia?

Creo que se me pusieron de punta hasta los pelos de las piernas. Leucemia. Una enfermedad letal, incurable.

—Como Julia Roberts —añadió.

—¿Julia Roberts?

Tardé por lo menos un minuto entero en comprender que estaba hablando de la actriz. No quería saber nada de ninguna actriz en aquel momento. Lo único que podía pensar era: «Para una vez que encuentro a una chica que me gusta, resulta que se va a morir». Un pensamiento cruel, estúpido y egoísta, de acuerdo, pero fue el primero que me vino a la mente a mi pesar.

—¿Julia Roberts tiene leucemia? —pregunté, ya inmerso en la imbecilidad total.

—Bueno, ella no, el chico que estaba con ella en aquella película, ya sabes...

De pronto se interrumpió y me miró como si me viese por primera vez. Yo sabía la razón: cuando me asaltaba una emoción que me afectaba mucho, mis ojos brillaban al borde de las lágrimas. Pestañeé furiosamente y compuse una expresión feroz, como hacía desde niño cuando quería ocultar mis sentimientos.

—¿Qué te pasa? ¿Por qué te pones así? ¿No pensarás que estoy hablando en serio?

—¿No tienes..., no tienes leu...? —grazné entre el asombro y la indignación—. ¿No estás enferma?

Parecía a punto de echarse a reír, pero se contuvo al ver mi expresión. Me puso una mano en el hombro. Me retiré bruscamente y empecé a dar patadas a las piedras. Tenía ganas de rugir.

—Eres idiota —le informé.

—Vale, no te cabrees, no era más que...

—¿Qué querías conseguir? ¿A qué venía eso?

—No esperaba que te lo tomases en serio.

—¿Siempre te inventas cosas así? ¿Leucemia? ¿Cáncer, sida? Es lo más idiota que he oído en mi vida.

Me sentía tan dolido y ofendido que hubiese seguido protestando y abochornándola durante dos o tres horas si ella no llega a hacer lo que hizo.

Sencillamente, me besó.

Se aproximó a mí y puso sus labios frescos y jugosos sobre los míos, y luego los entreabrió y... En fin, no intentaré describir aquel beso, ni mucho menos lo que me hizo sentir. Era nuestro primer beso verdadero, uno de esos besos interminables que, sin embargo, te dejan con ganas de más, que te cortan la respiración y producen taquicardia y vértigo, y cuando terminan te dejan durante unos segundos desorientado e incapaz de coordinar los gestos y los movimientos y de ser dueño de tu expresión.

Eran, como dato para la posteridad, las diez de la noche, y estábamos en un solitario y polvoriento camino a mitad de la distancia entre el llamado Puente del Rey y el lago.

—Tienes razón, ha sido una idiotez —dijo ella—. No puedo evitarlo: a veces digo lo primero que me pasa por la cabeza como si fuera cierto. Te sobra razón para enfadarte. ¿Me perdonas?

Entonces, el que la besó fui yo.

No sé quién de los dos fue el primero en besar y abrazar de aquella manera. Yo nunca había besado así. Nunca me habían besado ni abrazado así. Nos abrazábamos como si fuese la última vez que podíamos abrazar a alguien, como si de veras uno de los dos estuviese a punto de morir, como si el mundo fuese a reventar en aquel instante. Con una especie de desesperación o de rabia. Creo que fue en ese momento cuando supe que ella era la chica que, sin saberlo, yo había esperado desde siempre.

Ignoro cuánto tiempo estuvimos allí, abrazados, de pie al lado de un seto que se estremecía con la incipiente brisa como si estuviera habitado por duendes.

Y luego salimos otra vez a la calle, desandando el camino, y frente a la estación Ana se subió a un taxi.

35

Aunque fuese a verla al día siguiente, me resultaba intolerable el tener que separarme de ella. Me besó por última vez, un beso breve e intenso.

—Anuska...

Retuve, atesorándolos para días venideros (mi pesimismo me hacía temer que acaso no volvería a verla), el reflejo de su sonrisa, su mirada de un verde profundo, la curva que trazaba en el aire su cola de caballo, la estela de su perfume.

El taxi arrancó y yo eché a andar sin rumbo.

6

Cuando se es pobre, verdaderamente pobre, cuando se carece de dinero para una cena o una cama, todas las cosas, hasta las más cotidianas, adquieren un aire y un color distintos. Las calles y los desconocidos parecen hostiles, el tiempo se dilata hasta el punto de que los relojes parecen detenerse, y el tiempo atmosférico deja de ser un accidente para convertirse en el elemento que decide la dirección a tomar y hasta la cadencia de los pasos.

La noche era cálida, por lo que podía elegir cualquier lugar para descansar al aire libre. Pero era temprano, me sentía demasiado excitado para pensar en dormir, y además no sólo necesitaba unas horas de sueño sino sobre todo una ducha. Durante una o dos horas, anduve sin rumbo sólo para descubrir al cabo de ese tiempo que había vuelto al punto de partida. Finalmente, emprendí de nuevo el camino de la Casa de Campo.

Tenía una idea para pasar la noche con relativa tranquilidad, pues el problema de dormir a la intemperie era el riesgo de ser asaltado. Yo sabía ya que no por no tener dinero se está libre del riesgo de ser atacado por alguno de los seres que pueblan la noche en la gran ciudad: conocía historias de vagabundos apaleados e incluso asesinados por un ridículo botín. Y lo peor de todo era que, aquella noche, yo no era tan pobre: en el bolsillo llevaba un cheque por noventa mil pesetas. Una cantidad insignificante para muchos pero una pequeña fortuna para según quién.

Lo malo era que, mientras los bancos estuviesen cerrados, el cheque no era más que un pedazo de papel sin valor de cambio. Mostrarlo para conseguir una habitación sería inútil y tal vez imprudente. Recordé un cuento leído cuando era niño, sobre un hombre que tenía un cheque por un millón de libras esterlinas, pero no pude recordar cómo acababa.

Mi idea consistía en pedir a la encargada de la recepción en el albergue de la Casa de Campo que me permitiese quedarme a pasar la noche dentro del recinto, que era un lugar seguro, aunque sin ocupar ninguna cama. Así que caminé casi media hora, bordeando el lago y luego las vías del metro que por allí salían a la superficie, y sobre la una y media —a la hora en que se animaban los bares de copas en Madrid— llegué al albergue.

Estaba de suerte: la recepcionista de servicio era la que yo conocía más y al mismo tiempo la más amable. Habíamos hablado una o dos veces, y confiaba en que me recordase.

Dejó el libro que estaba leyendo y se puso en pie, al otro lado del mostrador, disimulando un bostezo.

—Hola, estaba a punto de cerrar. Si llegas un minuto más tarde, no me encuentras. Imagino que tienes sitio ya, porque esto está completo.

Le dediqué mi mejor sonrisa, aunque me sentía muy cansado y un poco desalentado al comprender que lo que iba a pedirle podía suponer el ponerla en un compromiso. Le expliqué lo que se me había ocurrido y ella me escuchó sin cambiar de expresión. Sus ojos, bonitos ojos de color violeta, tenían la mirada cansada de quien ha visto demasiadas cosas y ya no cree en muchas.

—Tendrás que quedarte por aquí detrás, entre los árboles, para que no te vean. Está prohibido, ¿sabes? Y en cuanto se haga de día mandaré a alguien a despertarte. Si no, me echarían a mí la bronca. ¿Tienes saco de dormir, por lo menos?

Le dije que no. Buscó en el cuarto que servía de almacén para las sábanas y mantas, y volvió con un saco grueso y mullido.

—Toma, anda —refunfuñó maternalmente.

—Eres un cielo.

—Anda, largo de aquí —me empujó y cerró la puerta del despacho con llave.

Busqué un lugar a espaldas de los barracones. No había demasiado césped, pero era un buen sitio, tranquilo, y con un millar de estrellas por techo. ¿Qué más se podía pedir?

Cuando estuve instalado en el confortable saco, con las deportivas a un palmo de mi cara (cuando se es un colgado se aprende que lo primero que te roban es el calzado), suspiré hondamente y creo que por primera vez en mucho tiempo no estaba lejos de sentirme feliz.

—Anuska... —pronuncié a media voz.

Creo que me dormí con su nombre en los labios.

Alguien me despertó sacudiéndome sin miramientos cuando apenas habían pasado, según me pareció en un primer momento, unos pocos minutos.

Sin embargo, el sol había dejado el nadir hacía ya un buen rato y mi reloj marcaba casi las siete.

—Cuca se acaba de ir —me informó el chico inclinado sobre mí, y deduje que Cuca era la recepcionista de los ojos violeta—. Pásate a dejar el saco. Aquí no puedes seguir.

Hice lo que me pedía y después me colé en una habitación donde todos dormían aún. Los durmientes me proporcionaron, sin saberlo, gel y champú. Después me afeité usando una maquinilla que encontré por allí. No vi jabón o espuma de afeitar, pero tampoco necesitaba tantos lujos. Una rociada de un frasco de *after-shave* con la etiqueta en alemán me sirvió para completar la *toilette*. Acababa de hacerlo cuando un tipo enorme con el pelo hasta media espalda apareció en el baño, somnoliento, y miró con cara de pocos amigos el frasco que yo aún tenía en la mano.

—*Morgen* —saludé al estilo de los camareros de la costa.

Gruñó algo que no entendí y me arrebató el frasco de un manotazo. Me encogí de hombros y salí del albergue de buen humor.

En una fuente al lado del lago bebí agua hasta que no pude más, un truco para retrasar una o dos horas el hambre de la mañana.

Hermosas perspectivas se abrían ante mí, la primera de las cuales consistía en presentarme en el banco en cuanto abrieran y hacer efectivo el cheque, y acto seguido desayunar dos cafés y una montaña de churros.

Sin embargo, había algo que me impedía llevar a cabo un plan tan sencillo; el mismo obstáculo que había complicado mi vida desde que era un niño y me había impedido muchas veces relacionarme de un modo natural con los demás: el orgullo.

¿Cómo podría, esa misma mañana, besar a Ana, habiendo ese dinero de por medio? ¿No sería mejor seguir guardando el cheque, o devolvérselo, o romperlo en pedazos? La verdad era que no, que ninguna de esas soluciones sería mejor que aceptar el préstamo, pero yo no buscaba la mejor solución sino la que me pareciese más digna.

Así, lleno de dignidad y de dudas, y con el estómago vacío, fui a la estación de metro y a una hora mucho más temprana de lo conveniente estaba ya ante la casa de Ana.

Merodeé un buen rato paseando ante la casa arriba y abajo hasta despertar la suspicacia de los porteros, que me miraban como se mira a un perro callejero al que no conviene perder de vista. A pesar de que no eran mucho más de las nueve, el calor empezaba a dejarse sentir; iba a ser otro día de infierno.

Lo cierto era que Ana no me había dicho a qué hora podía ir a su casa. Bien, correría el riesgo. Hasta era posible que Ana me invitase a desayunar, sugirió una voz interior que no parecía estar reñida con mi orgullo.

Fue la propia Ana quien me abrió la puerta. Llevaba pantalones muy ceñidos y una camiseta, así como unas gafas de sol que me hicieron temer que estaba a punto de salir.

—Me iba ahora —explicó—. Tengo el tiempo justo, lo siento.

Sonreí con bastante gallardía teniendo en cuenta que esas sencillas palabras acababan de partirme el corazón.

—¿Tienes que salir?

—Voy a reunirme con mis padres..., tengo que irme, sí. A Canarias.

—¿Adónde?

—A Canarias. ¿No te dije que mis padres están allí? Ha surgido algo. Ahora no te lo puedo explicar. Me pillas acabando de hacer el equipaje. Iba a llamar a un taxi para que me lleve al aeropuerto.

41

—¿Estarás... —la voz me falló lamentablemente—, estarás fuera mucho tiempo?

—Sí. No. No lo sé.

—Vaya mierda.

De pronto me miró con una especie de ternura, y sonrió con aquella sonrisa suya que me hacía sentir como si se me acabase el oxígeno.

—¿Me haces compañía mientras llega el taxi?

No habían sido aquéllos mis propósitos para esa mañana, pero estaba dispuesto a aceptar cualquier migaja de afecto que viniera de ella.

Cerró las cremalleras de un par de bolsas de viaje y se sentó en uno de los divanes floreados a llamar al taxi mientras el pájaro tropical y yo nos examinábamos mutuamente.

—Ven, siéntate a mi lado. ¿Dónde has dormido?

Le expliqué, sin explicar, que había pasado la noche en el albergue de la Casa de Campo. Y me sentía tan apenado, y ella tal vez tan culpable, que nos pusimos a hablar de cualquier cosa; me contó que la Casa de Campo había sido durante cuatrocientos años propiedad de los reyes de España, hasta que el gobierno de la República, en 1931, la cedió a los ciudadanos de Madrid. Y yo pensaba en abrazarla, en suplicar que no se marchase; pensaba en que no podría vivir ya sin ella. Y sonó el timbre de la puerta, y era el taxi, y bajamos con las bolsas sin habernos tocado un pelo, y en la calle, mientras el portero y el taxista nos observaban —y juro que les odié por ello—, nos besamos una sola vez.

Llevo para siempre ese beso clavado en la memoria.

Y luego, como la noche anterior, ella se fue en el taxi y yo me quedé mirando cómo se perdía de vista, desorientado y solo. Más que nunca desorientado y solo.

7

Un perro callejero que ha pasado hambre durante toda su vida, cuando encuentra comida se da un festín; come todo lo que puede y sólo se detiene cuando está a punto de reventar. Del mismo modo, desde el instante en que la cajera del banco puso a mi alcance nueve billetes de diez mil, sentí el impulso casi irresistible de gastármelo todo inmediatamente, en cualquier cosa. Así evitaría tener que pensar, tomar decisiones, elegir unas cosas y renunciar a otras.

Deseaba tantas cosas con tanta intensidad —ropa nueva, un banquete en un buen restaurante, un billete de avión para Canarias, un lugar donde vivir— que los distintos deseos se anulaban entre sí como fuerzas magnéticas. No podía librarme de la sensación de incredulidad que me producía tener el dinero en el bolsillo. Por la calle, siempre con mi mochila a cuestas, mi pensamiento se iba una y otra vez hacia Ana. Ella había confiado en mí, y no debía defraudarla. Tenía que invertir juiciosamente aquel dinero. Cuando ella volviese, si volvíamos a vernos, yo tenía que haber hecho fructificar aquellas monedas de plata (la alegría siempre excita mi vena lírica) como en una parábola bíblica; yo tenía que ser, a su vuelta, el caballero de reluciente armadura que ha ido a la guerra, ha matado al dragón y, sobre todo, se ha hecho rico.

Noventa mil pesetas. Pensé en los nueve millones —dos ceros de más o de menos establecían una gran diferencia— que la policía me había arrebatado para devolverlos a la víctima del último golpe de mi padre. Con eso habían empañado su último mutis, su canto del cisne magistral. Noventa mil pesetas. Tenía la impresión de que si la cantidad hubiese sido mucho más alta o mucho más baja le habría encontrado destino enseguida.

A mediodía, cansado de andar, me senté en un banco. Poco después, una chica dejó un periódico sobre una papelera que había a mi lado. Lo cogí. Era uno de esos periódicos de anuncios gratuitos para particulares. Me pareció que, por una vez, la suerte me hacía un guiño.

Había bastantes anuncios solicitando camareros, pero prefería buscar algo distinto. Leí los anuncios de relaciones públicas para discotecas, los de vendedores; los de mensajeros, donde exigían moto propia. También pedían modelos en distintas agencias: una de ellas exigía una estatura mínima de 1,80, para lo que me faltaban un par de centímetros; en otra había que ser culturista o doble de un famoso.

Por curiosidad, miré otra página, donde la chica había hecho numerosas anotaciones con boli rojo. «Alquiler de pisos hasta 60.000 pesetas», leí. Y un poco más abajo: «Estudio céntrico, electrodomésticos, luz, precioso, 45.000».

Cuarenta y cinco mil por dos... Ahí estaba la respuesta. Cambié un billete y, provisto de un puñado de monedas, me instalé en una cabina.

Una hora más tarde llegué al estudio, que resultó un chasco: los electrodomésticos que mencionaba el anuncio eran un frigorífico viejo que sonaba como un avión, y una lámpara de pie. Llamé a otros dos anuncios. Me enseñaron un apartamento que ni siquiera tenía ducha y donde las cucarachas parecían estar celebrando un congreso. Después vi otro, que el anuncio calificaba de semiamueblado, que sólo tenía una cama recogida de un contenedor, y era tan pequeño que apenas cabíamos el dueño, yo y la cama.

Pero yo tenía una corazonada, y seguí llamando a todos los anuncios restantes. Invertí todo el resto de la tarde en ver estudios, apartamentos y pisos, sin detenerme más que para tomar un bocadillo. Las descripciones que los propietarios de aquellas infames covachas hacían de sus pisos, me indujeron a caminar en vano durante horas: Embajadores, la Gran Vía, Lavapiés, Latina... Finalmente, cuando ya estaba a punto de desistir, me enseñaron una buhardilla que me pareció aceptable.

—Te cobraré los días que faltan de este mes, y el mes de depósito —dijo el dueño, un tipo grande, con nariz de boxeador—. Es decir, cuarenta y cinco, más trece días a mil quinientas diarias, que son diecinueve mil quinientas..., sesenta y cuatro quinientas. Bueno, no importa, dame sesenta.

No parecía disfrutar con aquellos trámites como otros propietarios con los que yo me había entrevistado. Por un momento me pregunté si no me estaría haciendo víctima de un timo y me alquilaba un piso que no era suyo. De repente me hizo una pregunta inesperada:

—¿A ti te gustan los chicos o las chicas?

—Según para qué —respondí, molesto por semejante impertinencia—. ¿Quiénes tienen que gustarme para que me alquile la buhardilla?

—Verás, a mí me da igual —se disculpó—, pero a los vecinos por lo visto no. El inquilino anterior era *gay*, y a los vecinos no les gustaba que trajera aquí a sus ligues. Decían que daba mal ejemplo a los niños.

—Estoy seguro de que los niños son más tolerantes que esos vecinos —respondí, suponiendo que con eso me jugaba la buhardilla.

Me miró con interés. Era un hombretón de barba negra, y con aquella nariz rota de viejo boxeador parecía impresionante, pero sólo hasta que empezaba a hablar. Entonces resultaba una persona culta y sensible.

—Buena respuesta —dijo—. La buhardilla es tuya. Debo decirte que en realidad el dueño no soy yo sino mi mujer, y por lo que a mí respecta, los vecinos...

Y añadió un par de expresiones que hubieran hecho sonrojar a un camionero. Luego se fue y me puse a explorar mi casa, satisfecho y emocionado.

Era la primera vez que tenía un sitio al que pudiera llamar mío (al menos, mientras pagase el alquiler), y aunque no fuera gran cosa a mí me parecía magnífico. Había una habitación bastante grande, cocina comedor y salón en una pieza, y otra más pequeña en la que había un colchón en el suelo. En esta última, a la que a falta de otra palabra más adecuada decidí llamar dormitorio, el techo bajaba bastante, de modo que no se podían dar dos pasos, pero al menos tenía una ventana y no debía faltarle luz durante el día. En la habitación grande había una mesa camilla, una silla plegable y un bote grande de pintura con un cojín encima que al parecer servía también como asiento, y una segunda cama arrimada contra la pared para que durante el día sirviese de diván. Había, finalmente, un diminuto retrete, tan estrecho que si me sentaba en el inodoro (nombre por demás poco apropiado) no podía cerrar la puerta. En suma, una verdadera vivienda de la gran ciudad.

Y además era una buhardilla. Las buhardillas siempre han tenido un gran prestigio entre los románticos y los bohemios, y yo me consideraba un poco de lo uno y un poco de lo otro. Pensé que muchos grandes artistas han vivido en una buhardilla, y eso me confortó.

Bajé a tomar un bocadillo, y me hice el propósito de empezar desde el día siguiente a comer de un modo razonable, incluyendo alimentos frescos y sanos en mi dieta. Subí de nuevo los cinco pisos, hecho polvo. Había sido un día agotador y pensaba dormir veinte horas seguidas. Mi último pensamiento, mientras caía en el colchón, fue que me concedería un día de tregua y al siguiente empezaría a buscar trabajo.

Calculo que dormí un par de horas antes de que aquel ruido en la puerta me despertara.

Me incorporé, más que asustado indignado por mi mala suerte. ¿Es que iban a visitarme los ladrones en mi primera noche en la casa?

Me había echado vestido, y tanteé mis bolsillos en busca de algo que me pudiera servir para defenderme, pero no llevaba nada. En la oscuridad, y sin haberme familiarizado aún con la buhardilla, no me sentía capaz de encontrar un cuchillo de cocina o algo semejante. Así que apreté los puños e hice acopio de valor.

La puerta del piso terminó de abrirse suavemente. Entonces, el que entraba hizo lo último que yo hubiese esperado; encendió la luz.

Nos miramos cara a cara, paralizados ambos por la sorpresa.

8

Lo primero que observé fue que no iba armado y que parecía más asustado que yo. De hecho, por un momento, pareció a punto de dar media vuelta y bajar las escaleras a todo correr. Pero vio en mí, en mis ojos cargados de sueño, algo que le tranquilizó, y ante mi asombro hasta se permitió sonreírme.

—Hola —saludó amablemente—. Soy Miguel.

Miguel era el nombre que utilizaba mi padre casi siempre cuando quería ocultar su verdadera identidad, y creo que fue esa coincidencia, por absurdo que parezca, lo que me hizo mirar sin hostilidad al intruso. Por lo demás, parecía inofensivo. Podía tener cualquier edad entre veinte y veinticinco, su cara era infantil, y su sonrisa la de alguien a quien la vida no ha marcado todavía.

—Vivía aquí antes —explicó.

—Y sigues conservando la llave, por lo que veo. Pero ahora el que vive aquí soy yo, así que si no te importa devolvérmela...

—En realidad no es tuya —dijo sin abandonar su sonrisa—, pero no vamos a discutir por eso. Y perdona, no quería asustarte. No pensé que hubieran alquilado esto tan pronto. Me echaron hace una semana, y desde entonces he venido una o dos veces a dormir aquí. Espero que no me delatarás.

El uso de aquel verbo en lugar de un vulgarismo acabó de inclinar la balanza en su favor. Le dije que podía estar tranquilo. Y con la mayor tranquilidad se sentó en mi modesto diván, encendió un cigarrillo y empezó a charlar. Presentí que aquella noche ya no dormiría mucho más.

—Lo cierto es que Juan, el casero, es un pedazo de pan. No puedo decir que se haya portado mal conmigo. Aunque yo con él tampoco: me fui sin esperar al desahucio para no crearle problemas con su mujer. ¿Conoces a su mujer? No es más alta que esta mesa, pero es de cuidado. Oye, y tú, ¿cómo te llamas?

Le dije mi nombre, acepté un cigarrillo, me senté a su lado. Observé que iba bien vestido y que olía a colonia cara, y me pregunté dónde guardaría sus cosas: no lo imaginaba con una mochila a cuestas como yo. Dijo que Eduardo era nombre de rey, y se puso a hablar de no sé qué reyes de Inglaterra, y después me explicó que estaba traduciendo algunas obras de Marlowe (yo siempre había creído que era un detective) y de Shakespeare.

—Ahora estoy con el *Otelo*. Es una traducción para una editorial importante. Pagan bien. Si quedan contentos me lloverán los encargos. ¿Y tú a qué te dedicas?

Escuchó lo poco que le conté, intercalando de vez en cuando algún comentario que demostraba que no carecía de experiencia en el arte de buscarse la vida. Yo lo observaba disimuladamente; ciertas inflexiones y pequeños gestos parecían confirmar que era homosexual, pero eso no me preocupaba. Por otra parte, estaba seguro de que cualquier chica lo hubiera encontrado muy atractivo.

Al cabo de más de una hora de charla dijo que creía que aún quedaba un poco de café en la cocina, y preguntó si podía prepararlo. Yo me daba perfecta cuenta de lo que se proponía, pero le dije que me parecía bien. Más tarde, mientras tomábamos el café, preguntó:

—¿Tú dónde prefieres dormir, aquí o en la alcoba?

Daba por supuesto que yo ya le había admitido. Yo recordé el dinero que había desembolsado unas horas antes, y respondí con cierta dureza:

—No lo has entendido. Ahora, el que vive aquí soy yo. Y me gusta vivir solo.

—En realidad —dijo sonriendo imperturbable como si mis palabras hubiesen sido una invitación—, no me gusta dormir de noche. Venía de noche porque era lo más seguro, pero prefiero dormir de día y dedicar la noche a vivir. Te aseguro que no te molestaré. Tú podrás hacer lo que quieras mientras duermo. Tengo el sueño muy pesado y nada me despierta.

—¿Y los vecinos? Si te ven entrar o salir, el que va a tener problemas seré yo.

—Sólo serán un par de días, mientras encuentro algún sitio. Oye, Eduardo, ¿entiendes algo de ropa? Veo que llevas unos Liberto, y desde aquí estoy viendo unas Reebok.

Di una patada, descalzo como iba, a las deportivas, apartándolas de la vista. No quise decirle que las había robado, al igual que el pantalón, el año anterior, en Palma, cuando vivía con mi padre. A veces, mi padre y yo distraíamos cosas en las tiendas en los tiempos muertos entre asuntos de importancia.

—Te lo digo porque podría conseguirte trabajo en una tienda de ropa usada. Es una tiendecita pequeña, de una amiga de un amigo. Está buscando alguien que la ayude. No es un mal curro.

—¿Lo dices en serio?

—Claro. Mañana mismo iremos. Pero no me despiertes antes de las dos de la tarde, por favor.

Una parte de mí, el Eduardo solitario y taciturno que desconfiaba de todos, me incitaba a librarme de él; pero había otro yo que me recordaba la generosidad de Ana, las escasas pero valiosas muestras de bondad que había recibido de distintos extraños, y me exigía un acto de justicia inmanente. Al final, aunque no creía en su historia de la tienda de ropa, le dije que podía quedarse.

—Espero no tener que arrepentirme —dije lúgubremente.

—Eduardo, amigo mío, te preocupas demasiado. Eso no es bueno para la mente ni para la salud. Hay que saber respirar a fondo, comer poco y bien, y no preocuparse por nada. Así alcanzarás los cien años. Bien, son las dos de la mañana, y si no levantamos la sesión ahora no podré dormir mis acostumbradas doce horas. Como se dice en *Otelo*: «Debemos obedecer al tiempo». Buenas noches, colega.

9

Durante toda la noche estuve oyendo ruidos misteriosos, crujidos y chasquidos de los viejos materiales de la casa, que se contraían después del intenso calor del día conforme la temperatura iba bajando.

Di vueltas y más vueltas sobre el colchón y me levanté varias veces; Miguel, en el diván, dormía a pierna suelta. Supuse que el café me había desvelado, pero probablemente eran mis pensamientos los que no me permitían conciliar el sueño.

Tenía la impresión de estar a punto de comenzar una nueva etapa en mi vida, y eso, que en sí me gustaba, siempre conseguía ponerme nervioso. Cuando iba al colegio, y después al instituto, tampoco podía dormir en la noche anterior al primer día del curso.

Al amanecer, me resigné a no dormir y me entretuve mirando cómo la creciente luz evidenciaba en las vigas del techo misteriosas marcas, clavos, ganchos. Me pregunté si de alguno de aquellos ganchos se habría colgado uno de los inquilinos anteriores, vencido por el hambre o por la soledad. Llevaba mucho tiempo teniendo pensamientos de ese tipo; imagino que si un psiquiatra me hubiese examinado en aquella época se habría frotado las manos al encontrar en mí un vasto campo de estudio. Aunque tal vez yo no era tan distinto de otros adolescentes.

Luego mi pensamiento se detuvo en Ana, Anuska, en su imagen y el sonido de su voz al despedirnos. Ni siquiera sabía por cuánto tiempo se había ido, ni adónde exactamente, ni tenía por lo tanto una dirección a la que escribirle. Pero si no podía escribirle una carta, podía en cambio hacer otra cosa que me permitiría sentirla más cerca. Me levanté una vez más y busqué en mi mochila el bloc y el bolígrafo que siempre llevaba. Me senté junto a la ventana, con el techo casi rozando mi cabeza, y me puse a dibujar a Ana.

Hice primero un boceto de su rostro, remarcando la línea de sus labios y procurando dar una idea del extraño color de sus ojos, y no me pareció mal del todo. Después la dibujé sentada al borde de la piscina. Llevaba mucho tiempo sin dibujar, aunque siempre me ha gustado, y el bolígrafo no me obedecía con la soltura que yo hubiera deseado. Por último, hice un apunte de su figura en escorzo, en el momento de nuestra despedida, y conseguí reproducir cierta impresión de movimiento y una expresión de la cara que recordaba bastante a mi modelo. Al terminar ese tercer dibujo, me asombré de lo alto que estaba el sol, pues ya era mediodía.

Bajé a hacer algunas compras y a explorar mi barrio. Era una de las zonas castizas en el centro del viejo Madrid, y todo quedaba a un paso, empezando por la plaza Mayor y el Rastro. Junto a los madrileños de toda la vida, gentes bienhumoradas que mantenían entre sí una intensa relación social que uno esperaría más en un pueblo que en la gran ciudad, había un número creciente de extranjeros de todas las procedencias y razas que, con más o menos dificultad, se iban adaptando en la medida en que querían y podían hacerlo. Era un Madrid ruidoso, no demasiado limpio, esforzado, mal entendido por los visitantes curiosos que se quedan en la superficie de las cosas.

Cuando volví a la buhardilla, encontré a Miguel examinando mis dibujos. Nada más verme, empezó a hacer elogios de todos y cada uno de los dibujos con un entusiasmo que me sorprendió.

—¿Por qué no me dijiste que eras artista? Aunque ya imaginé algo nada más verte. Este de cuerpo entero me encanta. ¿Quién es la chica? ¿La has dibujado de memoria o tienes fotos? La verdad es que es preciosa. Fíjate en estos trazos; firmes y seguros, impecables. Conozco pintores famosos que para una línea como ésta necesitan media docena de trazos. Eduardo, colega, tienes la mano de un maestro. ¿Has usado papel Guarro alguna vez? Por cierto, ¿has traído algo para desayunar?

A todo este torrente sólo pude responder preguntando si en serio los dibujos le parecían buenos.

—¿Buenos? —sus ojos relampagueaban; tenía dotes de actor—, ¿buenos, dices? Me parecen de puta madre. Tienes que hacer unos cuantos, preparar un *book*. Yo me encargaré de buscarte editor. Ahora que lo pienso, seré tu agente. Me conformo con un diez por ciento de tus ganancias. Calculo que seremos millonarios antes de un año.

Hablaba en broma, naturalmente, pero resultaba estimulante oírle. Yo siempre había sido pesimista, y tal vez lo que estaba necesitando desde hacía tiempo era un compañero alegre.

Esa misma tarde fuimos a la tienda de la que había hablado (hubo que bajar las escaleras tomando precauciones para que los vecinos no viesen a Miguel) y efectivamente me dieron el trabajo. La dueña de la tienda era una mujer hiperactiva, de movimientos rápidos; aparecía y desaparecía por los rincones de la atestada tiendecita como una cucaracha. Acordamos que yo iría sólo por las tardes, a partir del día siguiente. Rosario, la dueña, que había asimilado la jerga de su clientela, me aseguró que el *curro* era *guay*, pues sólo tenía que *entrarles* a las *pibas* sin *ir de hortera* sino en plan *colega enrollado*. Lo más importante era explicarles que toda la ropa había pasado por la tintorería y estaba desinfectada. Y lo cierto era que, por encima del aroma del sándalo que Rosario quemaba en el mostrador, se percibía un fuerte olor a tinte.

Al día siguiente empecé, con pocas esperanzas, en mi nuevo trabajo. Rosario vio enseguida que podía confiar en mí y me dejaba solo casi todo el tiempo, y al cabo de pocos días comencé a encontrarme cómodo en aquel escenario, entre vestidos *hippies* y vaqueros rotos por la rodilla. Tenía música puesta todo el tiempo, y me sobraban ratos libres para dibujar o leer.

A Miguel apenas lo veía. Llegaba de madrugada, o al amanecer, y dormía hasta media tarde, excepto alguna vez que se despertaba al olor de la comida que yo me preparaba. Era capaz de comer cualquier cosa en cualquier momento, y lo mismo le daba desayunar pollo asado que hamburguesas.

La buhardilla se convirtió en un refugio amable y cálido, aunque por las noches continuaban los sonidos misteriosos, sobre todo encima de mi cabeza, y yo me preguntaba si eran de pájaros o de roedores. El problema era que a partir de mediodía, con el sol pegando de firme sobre las tejas, se recalentaba como una fragua.

Cada día, Miguel o yo encontrábamos algún trasto en la calle para completar la decoración. Una vez, mi compañero se presentó con un viejo arcón de herrajes dorados, un auténtico cofre del tesoro de un pirata. Nunca entendí cómo había logrado subirlo cinco pisos sin despertar a todos los vecinos.

Por otra parte, Miguel no solía carecer de dinero, y a menudo compraba provisiones y cosas necesarias. Cuando le pregunté por qué, teniendo dinero, había estado varios meses sin pagar el alquiler, me explicó que si uno se gastaba su dinero en cosas tales como pagar el alquiler, pronto dejaría de poder permitirse necesidades más importantes, como salir por la noche. Para no ir en contra de sus principios, no quise pedirle que me ayudase a pagar el alquiler a mí.

Transcurrió una semana. Solía despertarme temprano, hacer alguna compra, acercarme a la biblioteca pública para hojear los libros durante horas. Una o dos veces llegué hasta aquel camino que atravesaba la Casa de Campo donde Ana y yo nos habíamos estado besando, y me senté a la orilla del lago para pensar en ella.

Por las tardes, sobre las cinco y media, abría la tienda. Solía disfrutar de más de una hora de tranquilidad, que dedicaba a la lectura —Maupassant, a quien acababa de descubrir, me fascinaba con su capacidad para describir sentimientos y emociones de un modo nada retórico— o a dibujar. Después iban llegando compradores y curiosos, sobre todo muchas chicas a las que encantaba probarse la ropa. Solían llegar de dos en dos o de tres en tres, se metían juntas en el diminuto probador y allí invariablemente se reían de ese modo en que sólo se ríen las chicas.

Entre las ocho y las ocho y media, cerca de la hora del cierre, la tienda, por lo demás muy pequeña, solía estar llena de gente: los grupitos de amigas, las que acudían con su madre, no pocos chicos y alguna que otra persona que me echaba miradas furtivas tratando de aprovechar una distracción mía para llevarse unos pantalones o un vestido sin pagar. Una vez vi a una chica saliendo del probador con dos pantalones, uno encima del otro, pero pensé que tal vez no tenía dinero y dejé que se fuese sin decir nada.

A veces hablaba de cualquier cosa —de un próximo concierto, incluso de marcas de ropa— con la gente que frecuentaba la tienda. Sin darme cuenta, iba haciéndome, poco a poco, más sociable.

Pero seguía gustándome la soledad. Pasaba muchas horas en casa a solas, dibujando.

Mis dibujos cubrían ya toda una pared, y el tema era siempre el mismo: Ana. Apenas pasaba una hora sin que pensase en ella.

Un día, con la esperanza de que hubiese regresado ya, fui a merodear por delante de su casa. Tal vez alcanzase a verla, o al menos buscaría su apellido en el buzón para luego localizar su número de teléfono.

A pesar de mi deseo de pasar desapercibido, el portero no tardó en fijarse en mí. Tuve un momento de desconcierto cuando vi que me llamaba, y poco faltó para que me fuese sin hacerle ningún caso. Mi sorpresa aumentó todavía cuando me dijo que tenía una carta para mí.

—No es posible. Tiene que ser una confusión.

—¿No eres Eduardo? Pues entonces es para ti.

Tomé el sobre y me alejé sin entender nada. El matasellos tenía fecha de tres días antes. Tuve que leer el remite dos veces para comprender que no procedía de Palma de Mallorca, donde yo había vivido, sino de la isla de La Palma.

Lo que hizo latir mi corazón más aprisa fue el nombre que ella había escrito, con letra redonda y un poco infantil, en el remite: Anuska.

10

Caminé con la carta en las manos hasta Juan Bravo, donde me senté en un banco y encendí un cigarrillo retrasando el momento de abrir el sobre porque la intriga y la espera me producían un deleite al que no quería poner fin demasiado pronto.

Observé que, como destinatario, Ana había escrito un nombre, y debajo la palabra «Portería», y más abajo: «Para entregar a Eduardo». Lo abrí por fin y encontré dos hojas de papel color violeta escritas por un solo lado. Leí:

Mi querido Señor Ni Hablar:

Si tienes esta carta en tus manos es que has ido, como espero, a mi casa. La mañana de mi partida (Ana usaba esa palabra, en lugar de marcha o salida) se me ocurrió advertir al portero de que le enviaría una carta, y que debía entregártela si aparecías por casa.

Si por el contrario esta carta no llega a tus manos, es que eres un ceporro y un cebollo y no te mereces que te vuelva a mirar a la cara.

Ahora pasemos a la crónica de vacaciones. Estuve un solo día en Tenerife, una isla que conozco bien porque tengo familia en ella. Esa noche, en Santa Cruz, tomé un barco que me dejó a la mañana siguiente en otra Santa Cruz, capital de la isla de La Palma, que no conocía. Yo hubiese preferido ir a los Mares del Sur, como Stevenson, de quien hablamos el otro día, ¿recuerdas?, pero es aquí donde mis padres han comprado una casa.

Mi habitación da al océano, y podría ver perfectamente la salida del sol si no fuese por dos obstáculos: a) que aquí el sol siempre sale entre nubes, y b) que nunca me levanto antes de las once.

En mis horas libres, que son todas, recorro la isla en coche desde Barlovento, donde el viento sopla siempre con fuerza, hasta Fuencaliente, que hace honor a su nombre con un calor incesante que sube de las entrañas de la tierra y entibia la atmósfera y el agua del grifo. Subimos al cráter de un volcán (aquí había pasado sin darse cuenta de usar el singular al plural), nos damos un baño en el Atlántico, hacemos excursiones. Hemos descubierto una playita a la que se llega a pie, dando un paseo entre plataneras. Mi novio dice (leí esta frase por segunda vez, sintiendo que el corazón me daba un vuelco, y de nuevo una vez más, *mi novio dice*, *mi novio dice*, *mi novio dice*) que el verano se acabará pronto porque estoy acaparando todo el sol para mí sola. La verdad es que en pocos días me he puesto muy morena.

¿Y tú? ¿Cómo te va? No te doy la dirección porque sería una tontería, ¿no crees? Supongo que volveremos el día último de mes. Estoy segura de que para entonces ya habrás conseguido mi teléfono, si sigues en Madrid y te apetece que nos volvamos a ver. Me acuerdo mucho de ti y te deseo lo mejor. Un beso.

Doblé la carta sin saber qué pensar, profundamente decepcionado *(mi novio dice)*, y me dije que una vez más la suerte se burlaba de mí dándome una de cal y otra de arena. Tenía la impresión de que, durante toda mi vida, a cada momento de alegría había seguido siempre otro de dolor o de pesar, y no había ninguna razón para creer que esa maldición hubiese acabado.

De modo que era falso que estuviera con sus padres, o tal vez sí estaba, pero esos padres eran tan liberales que le permitían incluir al novio en las vacaciones familiares. Pensé, puerilmente, que mis tíos no me hubieran permitido invitar a una chica a su apartamento de Cullera. Bueno, eso ponía punto final a la historia. Procuraría devolverle el dinero cuanto antes, para que lo disfrutase con su novio. Todo había sido un espejismo.

Al meter la carta en el sobre advertí que había otro sobre en el interior, más pequeño, de los que se usan para las tarjetas de visita, en el que antes no me había fijado. Lo saqué y lo rasgué nerviosamente. Una nueva página, esta de color rosa, plegada en muchos dobleces, y llena de su escritura redonda:

Post scríptum:
Nunca olvidaré el día que me regalaste una rosa. La tengo conmigo, entre las páginas de un libro de poemas. Por ella te confesaré algo que no le he dicho a casi nadie: no debes creer al pie de la letra todo lo que te diga. Las mujeres de mi familia siempre hemos tenido una gran fantasía, y no puedo romper la tradición. Puede que el otro día, cuando salimos, te contara algo no del todo exacto. Los chicos, a veces, no entendéis estas cosas. Un chico me hizo sufrir mucho, y me prometí que a todos los que conociese les pagaría con la misma moneda, pero tú eres distinto. Mi novio no está aquí, ya no tengo novio... y me había propuesto no tenerlo nunca más.

Ahora te pido que en el futuro no menciones esta carta, si no quieres avergonzarme. Y si has llegado hasta aquí creo que tal vez otro día querrás volver en demanda de noticias mías a la portería de Celestino. (¿No es un nombre maravillosamente adecuado?) Ahora en serio: te echo de menos.

Creo que al acabar de leer esta segunda carta poco me faltó para ponerme a dar saltos. No estaba seguro de haberla entendido del todo, o de entender a Ana. Mi madre me había educado en el respeto riguroso y estricto de la verdad, y apenas podía comprender a esa clase de personas que prefieren una verdad embellecida o un embuste conveniente. Me pregunté en qué podía haberme mentido Ana. ¿Tal vez era falso que hubiese leído todos aquellos libros? Pero, por una vez, hasta los libros me parecían poco importantes. Lo importante *(te echo de menos)*, lo único que de verdad me importaba *(te echo de menos)* era que ella había escrito estas palabras: *te echo de menos.*

Por supuesto que volvería otro día para ver si había una nueva carta para mí.

Ahora tenía una razón para esperar la llegada del día siguiente.

11

Unos golpes en la puerta (el timbre no funcionaba) me despertaron temprano.

Desperté a mi vez a Miguel como pude, y pregunté a través de la puerta quién era el que llamaba. Era nada menos que Juan, el casero, y entró sin dar tiempo a que Miguel acabase de esconderse en el cofre.

—¡Sabía que estabas aquí! Esa colonia que usas tiene un olor inconfundible. Tienes que irte ahora mismo. Mi mujer me matará si se entera de que sigues aquí. Tú no conoces a mi mujer. Bueno, sí, pero tienes la suerte de no conocerla como yo.

Miguel aseguró con su habitual tranquilidad que se iría ese mismo día, y cuando el casero le advirtió que en caso contrario tendría que irme yo también, dio su palabra porque no quería perjudicarme. Tenía todo el aire de ser él quien le estaba haciendo un favor al casero. Cuando éste se fue, dije:

—A veces me recuerdas a mi padre. Eres igual de inconsciente y de irresponsable.

—¿Me vas a echar la charla? Creí que querías a tu padre.

—Le quería, pero no me gustaba.

—Eso es más bien lo que les suele pasar a los padres con sus hijos. Por lo menos, al mío. Hubiera querido tener un hijo supermacho como él, y en cambio ya ves.

—Siento que tengas que irte. Desde el principio me temí que acabaría alcanzándote mi mala suerte.

—¿Mala suerte? —exclamó con los ojos brillantes—. ¿Te quejas? ¡Nos ha ido fantásticamente bien durante todo este tiempo! Un techo, comida, buena compañía... ¿Qué más quieres? Lo que tú llamas mala suerte me parece a mí una bendición. Espera, ¿cómo dicen en *Otelo*? Ya lo recuerdo: «Lamentar una desgracia que ha pasado y acabado, es el modo mejor de atraer nueva desgracia». Juraría que Shakespeare lo escribió pensando en ti. Siempre miras hacia atrás y hacia abajo, Eduardo. No valoras las cosas cuando las tienes, pero luego lamentas su pérdida. Eres un chico inteligente pero te falta por aprender lo más importante. En una escala de valores saludable, un peldaño más arriba de la inteligencia está la alegría.

Y luego, sin transición, como hacía siempre, preguntó qué teníamos para desayunar. Mientras se acicalaba (se *maqueaba*, para usar su expresión) me dijo de memoria varios números de teléfono, en alguno de los cuales podría localizarle siempre que quisiera. Desayunamos juntos por última vez, y ya en la puerta se puso serio para despedirse.

—Te daría un abrazo si no fuera por..., bueno, ya sabes.

—Eres idiota —respondí abrazándole—. Cuídate mucho, ¿vale?

—Y tú no dejes de dibujar. Y procura que no se te escape esa chica. Por lo que me has contado, vale la pena. Aquí tienes la llave. Cuídate tú también, amigo.

Salió de mi casa y, según pensé entonces, probablemente de mi vida para siempre, con la misma facilidad y despreocupación con que había entrado.

Pero aquel día yo no podía dedicar mucho tiempo de mis pensamientos a nada que no fuese la posibilidad de recibir una nueva carta de Ana. De modo que salí, fui caminando hacia el metro, y después de una travesía por el fétido subsuelo de la ciudad emergí al sol de nuevo y recorrí varias manzanas hasta la casa.

La expresión del portero no me permitió deducir si tenía algo para mí o no, así que tuve que preguntarle abiertamente.

—No sé nada —respondió de un modo ambiguo—, y no quiero saber nada.

De su amabilidad del día anterior no quedaba ningún rastro. Me pregunté a qué podía deberse aquel pequeño misterio. No sé si con la vanidosa intención de ponerle en su sitio, o porque realmente estaba dispuesto a subir, le pregunté si había alguien en casa de Ana.

—Haga usted el favor —murmuró—, no insista. Le he dicho que no sé nada. Yo no conozco a esos señores.

Cada vez entendía menos, pero no estaba dispuesto a renunciar y marcharme sin aclarar aquel misterio.

—¿Quiere decir que ya no viven aquí?

—Eso es, ya no viven aquí. Y no sé dónde han ido ni quiero saberlo. Por lo que a mi respecta, no los he conocido nunca. No existen.

—Pero... Ana me dijo...

Sin prestarme más atención, el hombre me dio la espalda y se refugió en su garita. En su rostro vulgar vi la expresión obstinada de una persona a la que no habría forma de arrancar una sola palabra más. Entonces, dejándome llevar por un impulso, pasé ante él y subí al piso de Ana. No intentó detenerme.

Llamé inútilmente durante un buen rato. No se oía el menor sonido en el interior. Desanimado, bajé de nuevo a la calle y me detuve a fumar un cigarrillo al lado del portal, preguntándome si el cartero habría pasado ya, o si aún podría convencerle para que me entregase mi carta, porque en ese momento no tenía la menor duda de que en alguna parte había una carta para mí.

De pronto, se abrió a mis espaldas la puerta del garaje de la finca para dar paso a un coche. Se me ocurrió que a lo mejor sacaba alguna conclusión del hecho de que el Toyota de Ana estuviera o no en el garaje, y me colé antes de que nadie pudiera impedírmelo.

Un rápido vistazo me permitió localizar el Toyota. Estaba allí, en efecto, sólo que rodeado por una cinta de color amarillo cuyo sentido no comprendí hasta que me acerqué lo suficiente para leer las palabras impresas en ella: «No romper este precinto. Policía».

¿Policía? ¿Qué significaba aquello? ¿Qué le había pasado a Ana?

Un sinfín de posibilidades a cual más terrible —asesinato, secuestro, violación— pasaron por mi imaginación en un instante. Vi que el portero se acercaba hacia mí, aunque sin atreverse a cogerme por un brazo, y salí a la calle con él detrás.

—Se lo digo por su bien, váyase. Si la policía vuelve...

—Pero, ¿qué es lo que ha pasado?

En ese momento un coche se detuvo ante nosotros. Lo conducía la chica que trabajaba en casa de Ana, a quien apenas reconocí sin el uniforme, y en el asiento trasero vi a la abuela de Ana.

—¡Señora! —me lancé hacia ella sin que nadie pudiese detenerme—. ¿Dónde está Ana?

Me miró como si no me hubiese visto en su vida, y temí que no me reconociese. Pero al cabo de unos segundos meneó la cabeza de arriba abajo y sonrió tristemente. Vi que sus ojos estaban llenos de lágrimas.

—Déjele usted, Celestino —se dirigió al portero, que permanecía indeciso detrás de mí—. Es Fernando. Esperancita..., quiero decir Ana, me dijo que eras un buen chico, Fernando. Dime, ¿lo eres?

No había forma de responder a semejante pregunta. La chica se interpuso entre su señora y yo y me pidió que la dejase porque después de lo ocurrido (no supe a qué se refería) no se encontraba bien.

—Venga usted —me pidió el portero—. Si me promete marcharse y no rondar más por aquí le daré una carta que he recibido hace sólo un rato.

Le hubiera prometido cualquier cosa. Le seguí a su garita, donde me entregó un sobre semejante al del día anterior.

Apenas pude esperar a alejarme unos pocos pasos para abrirlo. Esta vez contenía una sola hoja, y enseguida vi, para mi desesperación, que en lugar de una explicación Ana se había limitado a escribir una sola frase:

Eduardo:
Lo único que tengo derecho a decir es adiós, cuando hubiese dado todo por poder decir: te amo.

En esta ocasión no había un segundo sobre, ni la menor pista sobre la naturaleza de aquel enigma. Como el día anterior, en el remite sólo figuraba su nombre y el de la isla, La Palma, sin una dirección. El

66

matasellos era de dos días antes. Al menos eso me permitía saber que hasta ese momento Ana había continuado en La Palma. Y que algo o alguien le impedía ponerse en contacto conmigo.

Sentí un hormigueo de ira, una furiosa impaciencia. Eché a andar calle arriba, hacia la plaza, en ese estado de ánimo en que necesitaba romper algo o patear las piedras. Pero no había piedras, y hasta los perros se apartaban de mi camino.

Me detuve en la esquina sin saber qué dirección tomar. ¿Qué decisión me hubiese aconsejado Miguel? ¿Que me olvidase de Ana? ¿Y mis tíos? ¿Mi tío Luis, con quien yo había vivido, o mi tío Paco, hombres sin imaginación? Seguramente me recomendarían: «No pienses más en ella; se está burlando de ti».

¿Y mi padre? ¿Qué me diría en esa situación? Traté de imaginarlo, de reproducir su imagen allí y en ese instante, con sus ojos claros y su sonrisa. «Mi querido muchacho», diría, porque él empleaba expresiones como ésa, porque jamás me llamó *hijo*... «Mi querido muchacho...» Y de pronto fue como si oyese de veras su voz. «No te des por vencido.» Ése era su consejo. Una parte de él seguía conmigo aún y latía en mis venas y mis células, ocupaba para siempre un lugar en mi memoria, y ni siquiera la muerte podía nada contra eso.

Di media vuelta. Si era necesario cogería por el cuello a aquel portero hasta hacerle explicar lo que ocurría.

Pero entonces, como una ayuda del destino, práctica y modesta, un taxi libre se detuvo a mi lado. Le hice una seña y me metí en él.

—No arranque todavía. Yo le indicaré —dije, volviéndome para asegurarme de que el coche donde iba la abuela de Ana estaba aún ante la casa.

—No podemos parar aquí mucho rato —me advirtió el taxista.

No me tomé la molestia de responder. Transcurrieron los minutos, con el contrapunto del taxímetro que marcaba una cifra cada vez más absurda. Afortunadamente, llevaba todo mi dinero encima. Por fin vi que la empleada salía de nuevo cargando una maleta y se ponía al volante de su coche.

Esperé a que pasase a nuestro lado, sin que ella ni la señora reparasen en mí, y ordené al taxista:

—Siga a ese coche.

—¿En serio? ¿Como en las películas? ¿Y tengo que saltarme los semáforos y todo eso?

Arrancó y se situó detrás del coche, un Corsa de color morado.

—¿Para quién estoy trabajando —preguntó el taxista—, para los buenos o para los malos?

Me encogí de hombros, sin apartar la vista del Corsa. En esa última semana de agosto las calles continuaban todavía despejadas. No fue difícil mantener la distancia con nuestro objetivo hasta una callecita en la zona alta de Arturo Soria, donde vi que iban a detenerse y ordené al taxista pasar de largo.

Mientras le pagaba, observé la casa en la que entraban la mujer y la chica.

—¿Y ahora qué? —dijo el taxista.

—Buena pregunta —gruñí, y dándole la espalda me encaminé hacia la casa.

12

Continuaba de guardia todavía, en el mismo lugar, cuando llegó la hora de ir a mi trabajo en la tienda. No se había producido ningún movimiento de cualquiera de las dos mujeres que me permitiese adivinar en qué piso vivían. No quería recurrir a llamar en todos los timbres, o buscar los teléfonos de la casa, pero estaba dispuesto a volver por la noche, y montar guardia durante el día entero si era preciso. Antes o después una de las dos tendría que salir.

Por el momento, no podía continuar allí. Sin contar con que no había comido y que ya iba a llegar tarde a abrir la tienda, corría el riesgo de que algún vecino llamase a la policía.

A disgusto, y sin dejar de volverme cada pocos pasos, me fui hacia el metro. Media hora más tarde abrí la tienda, que olía como siempre a tinte y a polvo. Puse un disco de los Doors, porque a la gente que iba por la tienda le gustaba todo lo que tuviera que ver con los años sesenta, y como otras veces cogí un libro y me senté a leer.

A última hora apareció Rosario, la dueña. Como siempre, pues era el perfecto estereotipo de habitante de la gran ciudad, tenía mucha prisa y varias cosas que contar a la vez.

—Tengo que hablar contigo, Rosario —dije, aparcando para mejor ocasión el libro de D. H. Lawrence—. Creo que durante unos días no podré venir.

—¿No podemos hablar en otro momento? Me están esperando para ir a ver esa película para mujeres de la que habla todo el mundo, y ya llego tarde. ¿Cuál es el problema? ¿Te parece que te pago poco? Ya sabes que la tienda no va bien.

—No es cuestión de lo que me pagas. Tengo cosas que resolver y necesitaré unos días libres.

—Pero ya tienes libre la mitad de cada día...

—Es posible que tenga que irme de viaje.

Algo que ni siquiera podía llamarse todavía una idea empezaba a tomar forma en mi cabeza. Lo único que sabía, por el momento, era que necesitaba estar libre y disponible para reunirme con Ana a la primera oportunidad.

Acordé con Rosario que iría a la tienda por última vez al día siguiente, para cobrar los días que había trabajado.

Después de cerrar, devoré un bocadillo tras otro en la plaza Mayor y me fui a mi buhardilla.

En la pared continuaban los primeros dibujos que había hecho de Ana. Miguel se había llevado algunos posteriores, a carboncillo, para mostrárselos a un editor. Saqué la carta, si podía llamar así a aquella misteriosa nota, y la releí una vez más aunque ya me la sabía de memoria: «Lo único que tengo derecho a decir es adiós, cuando hubiese dado todo por poder decir: te amo».

Ana, Ana. Contemplé largo rato su rostro, dibujado en mi primera noche en la buhardilla, y dije en voz alta:

—Te quiero.

No me sentí en absoluto ridículo. Más bien sentí una extraña sensación parecida al alivio. Como si durante todos aquellos días hubiese necesitado formular con palabras lo más profundo de mi pensamiento, aquello que estaba negándome a admitir. Estaba enamorado de Ana. Aunque sólo la hubiese visto tres veces. Aunque no supiera qué pensar de ella. A pesar de que me hubiese mentido. Sencillamente, la quería.

A la mañana siguiente, temprano, ya estaba de nuevo ante la casa donde se refugiaba la abuela.

Era una calle tranquila, de chalés construidos muchos años antes, con sólo unas pocas casas de pisos. La que me interesaba tenía cuatro plantas. Al cabo de una hora había comprendido —y me preguntaba cómo no había sabido verlo el día anterior— que dos de ellas estaban vacías, probablemente por las vacaciones. No parecía probable, dado que la casa no era grande, que hubiese más de una vivienda por planta. Una niña salió del portal llevando a un perro, un *husky*, y una voz le recomendó desde una ventana del bajo que fuese con cuidado. Eliminada por tanto la planta baja, sólo quedaba el último piso. Allí estaban quienes podían decirme algo sobre Ana.

Me preguntaba si llamar al timbre directamente, cuando el portal se abrió de nuevo y salió la chica a la que yo ya conocía, aunque sin su uniforme.

Yo me conocía lo suficiente a mí mismo y sabía que si me tomaba tiempo para pensar era muy posible que dejase pasar aquella ocasión, así que sin reflexionar me acerqué a ella y la saludé con un «hola» que procuré sonase natural.

—¿Qué haces aquí? —me preguntó, como era inevitable.

Me encogí de hombros. Ella me miraba seriamente, pero no parecía asustada. Tendría veintidós o veintitrés años, y era más guapa de lo que hasta entonces me había parecido.

—Pensé que a lo mejor me podías dar noticias de Ana.

Negó con la cabeza, abriendo mucho los ojos como si yo le hubiese propuesto algo disparatado.

—Tengo prisa. No me gusta dejar mucho rato sola a doña Angelita. A veces, su cabeza no... En fin, siento no poder ayudarte.

—Pero, ¿por qué? ¿Qué es lo que pasa? ¿Por qué nadie me dice una palabra? ¿Es que ha ocurrido algo malo?

—¿A ti qué te parece? —empezó, pero luego pareció pensarlo mejor y suavizó su tono—. ¿De verdad no sabes nada? Pues debes ser el único.

El *husky*, inoportuno, se acercó a olfatear mis Reebok y pareció caer en éxtasis ante un aroma tan grato. La niña le llamaba sin que el perro le hiciera el menor caso. Una mujer se asomó por una ventana de la planta baja y se acodó para observarnos tranquilamente.

—Aquí no podemos hablar —dije—. Por favor, ven a tomar un café. Sólo cinco minutos.

La chica suspiró, dijo «bueno», y ella misma me indicó un bar cercano. Era un sitio pequeño y tranquilo. En cuanto nos sirvió los cafés, el dueño volvió a la lectura de su periódico.

Le pregunté su nombre a la muchacha. Se llamaba Raquel. Quise saber cuánto tiempo llevaba en la casa. Para mi sorpresa, me explicó que sólo era un trabajo de verano. Estudiaba («Hago filología inglesa; el verano pasado estuve en Gales y el anterior en Irlanda»), y con aquel trabajo pensaba terminar de pagar el Corsa. Tuve que rectificar mi modo de dirigirme a ella, porque inconscientemente la había estado tratando como a una persona de pocas luces cuando en realidad tenía más cultura que yo. En pocas palabras me puso al corriente de lo que ocurría.

—Ya sabes que el padre de Ana es constructor —yo asentí, aunque era la primera noticia—. Estaba haciendo una urbanización, financiándose con el dinero de los clientes: cobraba a los compradores por adelantado y con eso iba pagando materiales y sueldos, ya sabes cómo funcionan esas cosas —afirmé de nuevo—. Bien, pues se ha largado con la pasta, al parecer un montón de kilos. Una estafa de lo más clásico.

—¿Y Ana?

—Espera, impaciente. Lo del padre se ha descubierto justamente estos días, cuando Ana acababa de reunirse con sus padres. Ayer a primera hora la policía fue a precintar los coches de la familia. No sé si a partir de ese momento había ya una orden de búsqueda y captura contra el padre, pero lo que es seguro es que por aquí no vuelven. Imagino que el dinero ya está fuera de España, y ellos estarán a punto de irse o se habrán ido ya a uno de esos países con los que no hay tratado de extradición.

Hizo una pausa, mirándome con simpatía mientras yo asimilaba lo que iba contando. Supongo que mi cara reflejaba absoluto desaliento al pensar que quizá en ese instante Ana estaría ya a miles de kilómetros de España.

—Yo me traje a esa pobre mujer, Angelita —prosiguió Raquel—, a casa de unos amigos que están fuera, para que no tenga que pasar vergüenza. Por el camino pensé que sería mejor volver a recoger todas sus cosas, y las mías, por si la policía llegaba a precintar también la casa. Entonces fue cuando nos encontramos contigo.

De pronto, detecté una nota falsa. Nunca he tenido demasiado oído para la música, pero sí para las palabras: puedo adivinar cuándo alguien me está mintiendo, y a menudo cuándo me ocultan algo. La expresión demasiado natural de Raquel me indicaba que había algo más, algo esencial, que no quería revelar. Tal vez era su forma de proteger a Ana.

Le pregunté si conocía la dirección de los padres de Ana y me explicó que la policía ya le había estado preguntando lo mismo, y que les había dicho todo lo que sabía: que el padre de Ana tenía un hermano en Tenerife, y que hasta unos días antes habían llamado desde la isla de La Palma.

—Si supiera algo más, te lo diría. Ana me dijo —sonrió amistosamente—... Dijo que le gustabas mucho; supongo que ahora no hay inconveniente en que te lo diga.

Guardé silencio, sin saber qué decir. Tampoco sabía qué hacer. No podía ir a aquella isla, suponiendo que Ana continuase allí, y recorrerla de punta a punta.

¿O tal vez sí?

—Creo que voy a ir a ver si la encuentro —murmuré.

—¿A Canarias? Y lo dices como si hablaras de ir a buscarla a la puerta del instituto. Estás loco, tío.

Me encogí de hombros, fastidiado. Me parecía mejor estar loco que morirme de aburrimiento con los brazos cruzados.

—Está bien, tú ganas —dijo Raquel inesperadamente—. Hay algo más. Ana... Ojalá no esté metiendo la pata por decirte esto... Ana llama a diario a su abuela.

Claro, imbécil, me reprendí mentalmente, la abuela. Ése era el cabo suelto que había estado a punto de intuir: Ana quería a su abuela, y en una situación así no dejaría de llamarla para asegurarse de que estaba bien.

—¿Ha llamado ya hoy?

Raquel consultó su reloj.

—No tardará en hacerlo.

13

E sa mujer ha sufrido ya más de lo que se le puede exigir a un ser humano —me advirtió Raquel mientras subíamos las escaleras—. Si no eres considerado con ella, te juro que te echaré a la calle.

—Me cae bien —protesté—, y no voy a estorbar su conversación con Ana. Todo lo que quiero es hablar también un instante. Y ya he visto que la abuela no está del todo...

—Está más cuerda y más lúcida que tú o yo la mayor parte del tiempo. Pero a veces su mente viaja sin permiso, por decirlo así. Hace quince años, su marido murió de un ataque al corazón; poco tiempo después, su hija menor, Esperanza, que tenía la edad de Ana, fue asaltada por unos desconocidos a poca distancia de su casa. La violaron y la asesinaron. Desde entonces, Angelita tiene días y momentos en que, como tú dices, no está del todo bien. Por eso mismo, Ana no ha dejado de llamarla. Un nuevo disgusto como éste podría matarla.

La encontramos en una salita en penumbra, como a ella le gustaba permanecer. Tenía el teléfono sobre el regazo, en espera del momento en que sonara, y apenas me concedió una mirada. Parecía haber envejecido varios años de golpe. Ya no era divertido observarla; todo lo que me inspiraba era compasión.

Raquel habló con ella susurrándole casi al oído. Vi que la abuela miraba hacia mí —yo procuraba diluirme en las sombras en un ángulo de la salita— y hacía un gesto afirmativo. Raquel me dirigió también un gesto indicando que todo iba bien: podría hablar con Ana. Sentí que el corazón se me ensanchaba de pura gratitud y de alegría.

Transcurrieron los minutos, lentos hasta la asfixia, en aquella habitación donde la mujer no movía un músculo, Raquel salía y volvía a entrar sin mirarme, y yo no me atrevía a fumar. Desde la calle llegaban gritos de la niña del piso bajo llamando a su perro, el sonido de un camión de butano, de alguna moto.

Había un complicado reloj de pared, con barómetro, higrómetro y unos cuantos añadidos más, del que no podía apartar la mirada durante muchos segundos. Vi cómo marcaba las diez y media, y las once (por lo menos, no sonaba ninguna campanada) y las once y media. Me había instalado en una butaca y estaba tan nervioso que podía notar cada pliegue de la tapicería a través de la ropa.

De pronto sonó el teléfono, apenas una fracción de segundo porque doña Angelita lo descolgó sin dar tiempo a que sonase entero el primer timbrazo. Salí discretamente de la habitación mientras la abuela hablaba con su nieta. Raquel se asomó para hacerme una seña de que podía estar tranquilo (pero no podía en absoluto), y después se olvidaron de mí durante tanto tiempo que empecé a preguntarme si habrían colgado. Por fin, Raquel salió de nuevo y me hizo una nueva seña. La seguí. Se puso un instante al teléfono y anunció: «Ana, hay alguien más que quiere hablar contigo. No, mujer, todo va bien. ¿Quién? Que te lo diga él...» Me lo pasó.

—¿Ana? —ahora que podía hablar, las palabras no me salían.

—¿Eres tú? ¿Eduardo? —su voz sonaba cautelosa, como si estuviera reprimiendo una emoción muy intensa.

—Ana... Anuska... ¿Estás bien? ¿Dónde..., cómo puedo...? Dime qué puedo hacer para verte.

—No puede ser —respondió, y me parecía estar viéndola, porque tenía su imagen grabada en mi memoria, y su voz la convocaba ante mí—. ¿Es que no te han contado...? Es imposible, de veras. Lo siento, Eduardo, voy a tener que colgar.

—¡Espera! Dime al menos si sigues en la isla de La Palma.

—¿Para qué?

—Por favor, dímelo. Por favor, dímelo. No puedo seguir así. Necesito verte. Te necesito. Ana, yo te quiero.

Hubo un sonido breve y extraño, como un quejido, y después un largo silencio. Pero yo sabía que ella no había colgado, y adiviné sus lágrimas aun antes de que su voz la delatase.

—Te quiero —dijo.

Creo que solté de golpe todo el aire de mis pulmones cuando oí aquello. Puede que fuera lo que yo había estado buscando y deseando, pero sólo en ese momento me di cuenta de lo poco que había creído en la posibilidad de llegar a oírlo alguna vez.

«Ahora —me juré—, nada ni nadie me detendrá.»

—Siento tener que terminar así, Eduardo, casi antes de haber empezado, pero no puedo hacer otra cosa. He dado mi palabra a mi padre de que no diría nada que nos pueda poner en peligro.

—¿Vas a irte con él? ¿Al extranjero? ¿Es eso lo que quieres hacer?

—Son mis padres. Me necesitan. No puedo dejarles ahora.

Fue en ese instante, más que en ningún otro, cuando supuse que había llegado al final, que el camino ante mí quedaba cerrado por un muro de piedra. Nada que hacer. Incluso por ella, por su bien, era mejor no insistir.

Pero al mismo tiempo no podía desoír la consigna: «No te des por vencido», esa herencia misteriosa que me impulsaba a seguir adelante, por encima de mi pesimismo, aun en las circunstancias más adversas, y que era tal vez lo mejor de mí, lo único bueno que había en mí.

—Ana, voy a ir en tu busca. Si es cierto que me quieres, me esperarás.

—No puedes pedirme eso. Ya es bastante difícil para mí...

Sus palabras se hicieron confusas. Había alguien pidiéndole que colgara; tal vez sus padres, si estaba en su casa; o alguien que se impacientaba, si era un teléfono público. Oí un sonido de fondo que había escuchado a veces en Mallorca, la sirena de un barco, y enseguida de nuevo su voz apresurada:

—Tengo que colgar. Te quiero.

Cuando colgué, los dedos me dolían de tanto apretar el teléfono y tenía las palmas de las manos empapadas de sudor.

Me despedí de Raquel y de la abuela y bajé a la calle en un estado de aturdimiento que apenas me permitía coordinar los movimientos.

«Sigue en la isla —pensé—, y vive cerca del puerto... Ese barco lo prueba.»

En la calle, me detuve en seco y pensé algo más:

«Me quiere.»

Y sentí que la sangre corría más aprisa por mis venas.

14

Recorrí varias agencias de viajes sin encontrar ninguna opción mejor que tomar un vuelo regular a Tenerife y de allí otro a La Palma. La suma del precio de ambos era mayor que la cantidad de dinero que tenía.

Llamé a los teléfonos que Miguel me había dejado. Lo encontré a la tercera tentativa.

—Tengo que verte. ¿Tienes unos minutos?

—Claro. ¿Esta noche?

—Ahora, si puede ser. Mejor dicho, si puede ser como si no. Ha de ser ahora.

Oí cómo se reía suavemente.

—Tienes una curiosa forma de pedir las cosas, Eduardo. ¿Dónde estás?

—Cerca de Ópera.

—Podemos vernos en el bar de la calle Toledo al que fuimos un par de veces cuando vivíamos juntos. ¿Te va bien? Tardaré menos de media hora.

—Gracias.

Llegué al bar con casi un cuarto de hora de adelanto. Era tal vez uno de los bares más viejos de Madrid, estrecho y alargado, con un mostrador de cinc a modo de barra, frecuentado por estudiantes y gente de la zona. Al fondo había un ensanchamiento del local al que hubiera sido exagerado llamar salón, con dos o tres mesas cojas. Me instalé allí aprovechando que a esa hora no había ningún otro cliente.

El viejo propietario me sirvió un vermut de la casa, una bebida de otra época, como él, como todo aquel barrio, y lo tomé a pequeños sorbos.

Miguel llegó, jadeante y risueño, envuelto en una nube de colonia cara, y se sentó frente a mí.

—Me alegro de que me hayas llamado. Deja de poner esa cara de estreñido. Entre los dos lo solucionaremos, sea lo que sea. ¿Estás tomando vermut? ¡Oiga, traiga otros dos vermuts! —y luego, bajando la voz, añadió una palabra entre interrogantes—: ¿Ana?

Asentí.

—Te escucho.

—Necesito un consejo —empecé—. He perdido su pista, aunque sospecho que continúa en La Palma, en Canarias. Ella no puede darme su dirección. Es una larga historia.

—Las largas son las mejores. Cuéntamela sin saltarte un detalle.

—Ahora no, Miguel. No tengo tiempo, de veras.

—¿Y cómo estás de dinero? —preguntó mientras el viejo dejaba dos vasos ante nosotros.

—Me las arreglaré.

Sacó un fajo de billetes y me lo puso en la mano.

—Guárdate esto. No, no digas una palabra. Guárdalo y no te hagas el estrecho. Si te vas a ir te vendrá bien.

—¿Irme?

—Sí, irte. ¿No es eso lo que vas a hacer? Ir a buscarla.

—Aún no lo he decidido. Precisamente eso quería...

—Sí lo has decidido —me interrumpió—. Vas a ir a buscarla.

—¿Crees que sería sensato?

—¿Rastrear la isla, pueblo por pueblo? Sensato no, pero sería magnífico.

—Quizá preguntando a unos y a otros... No creo que haya mucha gente en esa isla. He estado viendo folletos en las agencias de viajes. Bastará preguntar por una familia de Madrid...

—¿En serio? ¿Vas a ir por ahí preguntando si alguien ha visto a unos madrileños? Eduardo, colega, los madrileños llegamos a todas partes, y somos millones; somos una verdadera plaga, ¿no lo sabías? Esa isla estará infestada de madrileños, y en verano más.

—Gracias, me ayudas mucho. Entonces, según tú, lo mejor es que ni lo intente.

—¿Quién ha dicho eso? Debes intentarlo. Te ordeno que lo intentes. ¿No irías al fin del mundo por esa chica? Pues empieza por las Canarias.

—Eso es lo que quería oír. Gracias, amigo.

—Cuando la encuentres —dijo Miguel seriamente— no te pongas a interrogarla. Acepta lo que ella te diga, y créela. Si no estás dispuesto a creerla, no vale la pena que vayas.

—No sé si vale la pena o no, pero no puedo hacer otra cosa. La quiero. No puedo dejar de pensar en ella. Es... Bueno, no te rías... Es lo que siempre había deseado: un gran amor.

—No me río. Sé lo que es eso. Yo también quiero a una persona... Aunque él no siente lo mismo por mí.

Se inclinó hacia mí y, cambiando de entonación, añadió:

—Recuérdalo, no le hagas demasiadas preguntas. «Es mejor ser engañado en mucho que saber sólo un poco.» *Otelo*, naturalmente. Bien, ¿cuándo te vas? ¡Ah, me olvidaba! Tengo una noticia para ti: el editor del que te hablé dice que le gustan tus dibujos y que quiere conocerte. Me insinuó que podría encargarte las ilustraciones para un libro. ¿Qué me dices?

Solté un pálido «guay». Mi mente había dejado ya Madrid y sobrevolaba una isla de contornos imprecisos.

—Bueno, tengo que volver —añadió Miguel—; en el curro he dicho que iba al médico. Tendré que pasar por una farmacia y comprarme algún potingue, para disimular. Ya está: me compraré un preparado que conozco, a base de *ginseng*. Es bueno para la —hizo una mueca irónica— virilidad.

Nos despedimos en la puerta del bar, un poco emocionados, como si adivinásemos que tardaríamos mucho tiempo en volver a vernos.

—Miguel, quiero que sepas... —empecé.

Una sonrisa afectuosa curvó sus labios.

—Lo sé —dijo.

—No, en serio, quiero decirte que eres...

—Sencillamente maravilloso, lo sé. Anda, lárgate.

Echamos a andar en direcciones opuestas. Yo decidí acercarme a la Telefónica, en la Gran Vía. Raquel había dicho que el padre de Ana tenía un hermano en Tenerife. Pensé que sería sencillo buscar el apellido de Ana, Alonso, en la guía de la isla.

Miré en las páginas de Santa Cruz: sólo en la ciudad había cerca de setecientos abonados con aquel apellido. A ésos habría que añadir todos los de los pueblos. La pista quedaba truncada.

Más tarde, en la tienda, Rosario me dio el dinero de los días trabajados, que no era mucho.

—¿Por qué tienes que irte? Eres el primer dependiente *legal* que he tenido en mucho tiempo. ¿Verdad que no me has sisado ni una *libra*? En fin, pásate por aquí cuando quieras.

—Creo que tardaré un tiempo en volver al *Foro* —respondí, imitando sin darme cuenta su lenguaje—. *Me abro* para La Palma.

—¿Te vas a Palma de Mallorca?

—A La Palma, en Canarias.

—Ah, quieres decir a Las Palmas. Bueno, allá tú, pero yo iría a Palma. Palma *mola*. O a Ibiza. ¿Por qué no te vas a Ibiza? Te daré una nota para un amigo que trabaja en Pachá.

—Rosario, escúchame, por favor. No son unas vacaciones. Necesito ir por asuntos personales.

—Siento que te vayas.

Me dio dos besos de despedida. Yo también sentía dejar aquel trabajo que, inesperadamente, me había gustado. Pero toda mi vida había sido una sucesión de despedidas, de pequeñas fugas, de adioses más o menos voluntarios, y eso me había endurecido.

Tenía una extraña impresión mientras volvía a mi buhardilla: me sentía ya ajeno a la ciudad. Tal vez esa sensación había permanecido, latente e indefinible, dentro de mí desde mi regreso de Mallorca a la muerte de mi padre. Aunque Madrid fuera mi ciudad, donde había nacido y pasado casi toda mi vida, ya no me identificaba con su atmósfera seca y sucia; con sus habitantes que, vistos con ojos de forastero, a veces parecían insolentes; con el ritmo frenético y absurdo de la vida en sus calles, que me hacía pensar en esos perros a los que les atan una lata al rabo y giran y giran en redondo tratando de arrancársela hasta morir extenuados.

Una mujer vieja, una vagabunda cargada de bolsas, hablaba sola sentada en el suelo; un jubilado rebuscaba en las papeleras quién sabe qué; un chico de mi edad que no pesaría más de cuarenta kilos se me acercaba tambaleándose con la mano extendida; una hilera de africanos y orientales recogían a toda velocidad la mercancía que vendían en plena calle; se oía una sirena de la policía; tres hombres jóvenes dormían dentro de un coche que sin duda era su única casa. Una ciudad dura, cuyo mayor atractivo era que allí ocurrían cosas, toda clase de cosas. En cualquier momento, a la vuelta de la esquina, un encuentro inesperado podía cambiar tu vida para siempre. Madrid. Había sido mi ciudad, pero ya no lo era. Acaso lo único que me quedaba a partir de entonces era vagar sintiéndome forastero.

Mientras subía las escaleras de la buhardilla, que en los últimos tramos eran de madera y crujían como galletas María, me dije que quizás era la última vez. En pocos minutos, mi mochila estuvo lista y me despedí de aquel refugio.

Tomé el metro y después el autobús al aeropuerto, que salía de debajo de Colón. A partir del momento en que entraba en el vestíbulo de Barajas, dejé de sentir ansiedad por el cuándo y el cómo encontraría a Ana. Ya sólo era cuestión de dejarme llevar: las distancias, los relojes, las compañías aéreas, la suerte, decidirían por mí.

15

Con una especie de indiferencia se sucedieron los trámites, la espera, un cigarrillo, otro, mensajes por megafonía en distintos idiomas, viajeros veteranos con aire de displicencia, viajeros novatos y excitados, aviso para embarcar, nueva espera...

Despegamos. La acostumbrada demostración por parte de las azafatas. La voz del comandante: «Duración estimada del vuelo... Esperamos tomar tierra en el aeropuerto de Tenerife Sur aproximadamente a las... Volaremos a una altura de... con una velocidad de...» Mi mente había dado un salto y revivía una situación semejante, mi primer vuelo unos meses antes cuando viajé para reunirme con mi padre en Mallorca. Tampoco entonces sabía qué era lo que me aguardaba en mi punto de destino.

Dejamos atrás la península por la desembocadura del Guadalquivir. Volábamos a ratos por encima de las nubes. El océano esplendía con la última luz del atardecer, y como si estuviésemos librando una carrera contra el sol todavía conseguimos capturar su último rayo al avistar Tenerife. Atrasé mi reloj una hora. Aterrizamos. Salí al aire húmedo de las pistas con ese ligero aturdimiento de los viajeros poco avezados. Me pareció que olía a mar.

Recogí mi mochila y tomé un autobús (una guagua, decían allí) a Santa Cruz. Me habían dicho que los aviones a La Palma salían de otro aeropuerto, Los Rodeos, al norte de la isla. Por el camino, atravesando un paisaje árido y sin interés durante casi una hora, pensé que en el mejor de los casos no llegaría a La Palma hasta la madrugada. Tendría que dormir en el aeropuerto en espera del primer autobús de la mañana. En cualquier caso, hasta el día siguiente no había nada que pudiera hacer para localizar a Ana. Tuve una idea: tal vez habría un barco que pudiera tomar esa misma noche. Al fin y al cabo, era en el puerto de La Palma donde yo quería comenzar mis pesquisas.

Me indicaron dónde estaba el puerto en Santa Cruz. Efectivamente, había un barco a La Palma esa noche, y estaba a punto de zarpar. Con el tiempo justo compré el pasaje y embarqué.

Zarpamos sin que yo hubiese llegado a hacerme una idea de aquella ciudad, de aquella isla. Había un gran salón de butacas con unos televisores frente a los cuales permanecían hipnotizados los pasajeros. Al cabo de un rato pusieron un vídeo de Bruce Willis. Yo ya había visto la película y salí a fumar a cubierta. Hacía mucho viento, el barco se balanceaba de tal modo que no era posible dar dos pasos sin agarrarse, el mar estaba negro. Empecé a sentir que me mareaba, pero luché contra las náuseas, y el aire frío acabó de despejarme. Más tarde me dormí en una butaca, rodeado por los ronquidos y el olor de los otros pasajeros.

Me desperté muy temprano. Aún no había salido el sol. «Aquí el sol siempre sale entre nubes», había escrito Ana. Y al recordarlo me vino a la memoria otra frase: «Mi habitación da al océano». Podía eliminar de mi búsqueda todo el interior de la isla y limitarme a la costa.

Allí estaba, ante mí, una costa muy alta que parecía surgir de entre las nubes. La isla de Ana.

16

Desde el mismo momento de desembarcar por la tambaleante pasarela, tuve la impresión de que había algo que no era como debía ser.

Tal vez fuese la silueta de los altos edificios. Lo último que había esperado encontrar era una isla con rascacielos, y eso a pesar de que conocía bien Mallorca y sabía que las islas están lejos de merecer los adjetivos de los libros de aventuras: misteriosa, encantada, paradisíaca, desierta. La Palma no parecía ser nada de eso y, descontando la sorprendente altura de su costa, decepcionaba.

No había esperado nativas que me recibiesen con collares de flores, pero tampoco aquel ajetreo indiferente de los estibadores, de las enormes grúas que desplazaban algún contenedor en aquel puerto sin poesía. Pero, en cualquier caso, yo no había ido a hacer turismo. Me daba igual cómo fuese la isla, con tal de encontrar a Ana.

A la salida del puerto, un hombre se me quedó mirando con insistencia. Llevaba un traje azul que a primera vista parecía de invierno, y una corbata negra. Tenía un aspecto entre triste y siniestro. Su mirada tenía una fijeza ofensiva, pero la retiró justo cuando ya iba a decirle que se equivocaba conmigo y que a mí me gustaban las chicas. Supuse que merodeaba por el puerto a la caza (o, en este caso, a la pesca) de algún jovencito solo y despistado.

Tomé una avenida, a mano derecha, que bordeaba el mar. Si había en la ciudad —que se llamaba Santa Cruz, igual que la capital de Tenerife— unas casas situadas en primera línea («Mi habitación da al océano») eran aquéllas.

Al cabo de pocos minutos empecé a rectificar mi primera impresión: muchas de aquellas casas tenían hermosos miradores que les daban un aire colonial; era un tipo de arquitectura que yo no había visto hasta entonces, el primer signo de que realmente estaba a enorme distancia de la península. Contemplando aquellas casas que me gustaban mucho me pregunté si todo sería tan sencillo como encontrar a Ana en una de ellas.

Las olas alcanzaban el muro de contención y me enviaban de vez en cuando una fina llovizna fría y salada, que no me disgustaba. No había ni una sola persona a la vista en toda aquella parte de la avenida. Me tracé un plan para aprovechar el tiempo al máximo, porque tenía la impresión de que había comenzado una cuenta atrás, que Ana podía irse de la isla en cuestión de horas. Lo primero que haría, nada más tomar un café, sería investigar en las agencias de alquiler de coches. Seguro que Ana había alquilado uno. Lo difícil iba a ser que me dieran esa información. Después, había muchos lugares a los que acudir: correos, por ejemplo, donde tal vez recibían correspondencia y les conocían; y también hoteles, bares, etc.

De nuevo tuve la sensación, puramente física, de que algo me incomodaba. Me volví. Había un coche siguiéndome muy despacio, creo que un Laguna, silencioso como una serpiente. Lo conducía el hombre del traje azul.

Seguía sin haber nadie a la vista. Eran las ocho de la mañana. ¿A qué hora se levantaban las personas en aquella isla? De nada serviría gritar ni echar a correr. Me quité la mochila y rebusqué en mis bolsillos algo que pudiera servirme de arma. Dinero, llaves, nada, ni una simple navajita, porque el día anterior había olvidado comprarme una para cuando me hiciese algún bocadillo.

El coche se detuvo a dos metros de distancia. El hombre me miraba fijamente. No era un bujarrón, un aficionado a los jovencitos, sino algo peor. Empuñé el llavero dejando que las dos únicas llaves, la de la buhardilla y la del portal, sobresalieran entre mis dedos corazón y anular. Apreté el puño con fuerza. Si era más rápido que él y le alcanzaba en la cara con la punta de las llaves, era posible que...

—Tranquilo.

Su voz no reflejaba amenaza ni susto, sino una especie de fastidio que me hizo sospechar que acaso, después de todo, no era sino un policía de servicio.

Abrió la puerta y salió del coche.

Inspiré con fuerza. Yo sí estaba asustado, tan asustado que no podía ni tragar saliva. Pero no podía permitir que él se diera cuenta. Un perro callejero nunca huye sin antes ladrar. Pronuncié un insulto, separé las piernas, tensé el brazo llevando el codo hacia atrás.

—Tranquilo, Eduardo.

Creo que la mandíbula inferior se me aflojó de golpe. Mi pobre arma estuvo a punto de escurrirse entre mis dedos y caer al suelo. ¿Cómo podía nadie conocerme en esa isla que hasta pocos días antes yo no sabía ni situar en un mapa?

—¿Quién es usted? —pregunté con la boca espantosamente seca—. ¿Qué quiere?

—Tengo un mensaje de Ana.

—Dios santo. Ana. Claro. Mierda.

Apenas sabía lo que me decía. Y sin embargo, bien mirado, aquello era lo más lógico, lo único que podía explicar que el desconocido supiera quién era yo. Seguramente, Ana le había dado mi descripción.

—Me ha dado un susto de muerte —resoplé, relajándome—. ¿Ana está bien?

—Perfectamente. Le espera. Tengo instrucciones de llevarle con ella.

Subí al coche sin creer todavía en mi buena suerte. El valiente caballero que ha de matar al dragón para rescatar a la princesa recibe inesperadamente la ayuda de un emisario en carroza real. Demasiado bueno para mí. Algo me decía que las cosas no podían ser tan sencillas. Pero subí al coche, ¿qué otra cosa podía hacer?

Tomamos una carretera que dejaba la ciudad subiendo entre vueltas y revueltas hasta una altura inesperada. Allá arriba el cielo estaba claro y lucía el sol. Más y más curvas, hasta que empecé a sospechar que aquel hombre estaba dando rodeos para que yo no supiera adónde nos dirigíamos y no fuese capaz de reproducir después el itinerario. Como confirmando esa idea, el hombre se giró hacia mí y dijo:

—No hemos querido recurrir a efectos melodramáticos. Ni golpes en la cabeza ni vendas en los ojos. Pero a cambio tienes que prometer que pase lo que pase no contarás una palabra después a nadie. El lugar donde están Ana y su familia tiene que seguir siendo secreto por el bien de todos.

—Por supuesto —gruñí—. ¿Me toma por un chivato?

A partir de ese momento, condujo siempre hacia el sur, teniendo a nuestra izquierda un mar ahora tan iluminado por el sol que podía verse a lo lejos la silueta de alguna otra isla, aunque no sabía si podía ser la Gomera o Hierro. De pronto, a la entrada de un pueblo cuyo nombre no alcancé a ver por ninguna parte, el coche se metió en una especie de patio.

—Vamos.

La voz de mi guía se había hecho más perentoria. Incluso se permitió empujarme para que no pudiera ver ningún detalle de la casa. Atravesamos un vestíbulo desierto y polvoriento, un pasillo, subimos por una estrecha escalera, empujó una puerta.

La habitación era grande y no contenía más muebles que una mesita baja y varios sillones de caña. Sólo uno de ellos estaba ocupado por un hombre que se levantó al vernos entrar.

Tendría entre cuarenta y cuarenta y cinco años, pelo rubio ceniciento un poco largo y peinado enteramente hacia atrás, y ojos grises. Llevaba un pantalón de color crema y un polo blanco que le hacía parecer aún más bronceado.

—Bienvenido, Eduardo —dijo tendiéndome la mano.

Se la estreché un poco confundido.

—Como ya has adivinado —dijo, y se equivocaba—, soy Ángel, el padre de Ana. Me ha parecido oportuno que, antes de nada, hablemos tú y yo. ¿Estás de acuerdo?

Era una pregunta puramente retórica. Estuviese de acuerdo o no, él tenía algo que decirme. Y mucho me temía que no se trataba de darme su bendición.

—Muy bien, pero me gustaría ver un momento a Ana.

—Eso no va a ser posible.

Estábamos todos de pie, y el hombre que me había llevado hasta allí se mantenía detrás de mí como uno de esos pistoleros de las películas.

—Entonces, me han traído aquí con engaños. Si esto es un secuestro...

El padre de Ana se echó a reír.

—Por favor, Eduardo, qué cosas tienes. Anda, siéntate y charlemos como amigos.

Nos sentamos en los sillones de caña, que crujieron con nuestro peso. El padre de Ana me preguntó si quería tomar algo. Yo estaba aún sin desayunar pero le dije que no. Quiso saber si yo había tenido buen viaje. Que sí. Luego preguntó de una manera ambigua qué se decía por Madrid. Supuse que se refería al escándalo del que era protagonista.

—Se dice que seguramente ustedes ya están en el extranjero con..., bueno, con el dinero.

—No, no hay ninguna razón para eso todavía. Pero no tengo ninguna intención de volver. Y naturalmente mi familia irá donde yo vaya. La familia es lo más importante en la vida, Eduardo. En el fondo, todo se hace por ellos, para que no les falte de nada.

Yo no estaba de humor para escuchar discursos convencionales de un hombre que había abandonado a su madre, medio loca, con la mayor despreocupación.

—¿Por qué no puedo ver a Ana? ¿Sabe ella que estoy aquí?

Los ojos grises se hicieron más grises y el mentón bronceado se endureció.

—Eres muy impaciente. Eso no es bueno, Eduardo.

Estaba empezando a darme náuseas con tanto repetir mi nombre. No me tomaba en serio. Mal asunto. Yo había heredado de mi padre un sentido de la dignidad que no soportaba la menor lesión. Comprendí que todo lo que había hecho hasta entonces, la decisión del viaje, era fácil y sin mérito comparado con la prueba que tenía que superar en aquel instante, en aquella habitación semivacía donde las voces resonaban como en un túnel, y frente a aquel hombre realmente duro.

—¿Por qué no hablamos claro? Usted no quiere que vea a Ana. ¿Puede decirme por qué?

—¿Por qué? —sonreía, con una sonrisa muy poco alegre—. ¿Por qué? No tengo por qué darte explicaciones, pero lo haré sólo con el objeto de que entiendas que no tienes ninguna posibilidad con Ana. Ninguna. Nunca.

Sus últimas palabras sonaron como disparos. La verdadera batalla había empezado. El premio para el que la ganase sería Ana. Hacía calor en aquella habitación. Me costaba respirar, porque todavía no me había acostumbrado al aire sofocante y húmedo de la isla. El sudor empapaba mis manos y me goteaba desde las axilas. Y aquel hombre sentado frente a mí ni siquiera tenía la frente brillante, era un animal de sangre fría.

—Eres un mangante, un mierda que no tiene dónde caerse muerto —lanzó su primera dentellada—, ¿y esperas que te deje llevarte a mi hija? Dentro de unos días, cuando no se hable tanto de mí, nos marcharemos discretamente, por ejemplo a Venezuela. Es un buen país para la gente joven. Ana hará amigos allá enseguida. Irá a la universidad. Una nueva vida. ¿Y en lugar de eso tú pretendes que la deje aquí, contigo? Sé cómo os conocisteis. No dejaré a mi hija con un mendigo que entra en propiedad ajena saltando una alambrada, por más que ella me lo pida. Me ocuparé de que...

Durante unos segundos dejé de atender a sus palabras. Las más importantes habían sido ya, probablemente a pesar suyo, pronunciadas: por más que ella me lo pida. Ana estaba de mi parte. Si para llegar hasta ella tenía que pasar por encima de aquel hombre que estafaba a los demás y aún hablaba de respeto a la propiedad ajena, lo haría.

—¿Qué tienes que decir? —oí que me preguntaba.

¿Qué? Mucho y nada. Cualquier cosa que dijera podía volverse contra mí. Él era, al fin y al cabo, el padre de Ana. No podía decirle lo que pensaba de él y de su dinero. Pensé en mi propio padre, que siempre tenía una frase oportuna para salir airoso de las peores situaciones. ¿Qué hubiera dicho él si estuviese allí conmigo?

Pero no estaba. Ya nunca estaría a mi lado. Yo tenía que salir adelante por mis medios. Un chico de diecisiete años contra un hombre capaz de manejar sin escrúpulos el poder y las palabras.

Me puse en pie. El sudor me corría por los costados. Mi estómago vacío era un animal vivo que se movía dentro de mí buscando a ciegas.

—Yo quiero a Ana.

El tono de mi voz, mi mirada firme que no evitaba la suya, toda mi actitud tal vez un punto desesperada como corresponde a quien no tiene nada que perder, parecieron impresionarle. Se echó atrás en su asiento como golpeado por mis palabras, sus ojos se achicaron. Incluso por un momento pareció haberse quedado sin respuesta.

—¿Y qué?

En su voz, la agresividad había descendido uno o dos tonos.

—Quiero a Ana.

Carraspeó y se removió inquieto. Cruzó una mirada con el silencioso testigo de la entrevista. Parecía menos seguro de sí mismo.

—Eso ya lo has dicho...

—Quiero a Ana —repetí.

17

Se puso en pie y me miró duramente. Éramos igual de altos. Un hombre en la plenitud de su fuerza física. Hay situaciones en la vida que no se deciden por una cuestión de inteligencia, de títulos universitarios o éxitos profesionales, de dinero. Son, en última instancia, las vísceras, las glándulas y músculos, los que inclinan la balanza.

—No vas a pasarte todo el tiempo repitiendo eso, supongo.

Un punto para mí. Ya no me llamaba por mi nombre como un viejo conocido que ocupa una posición superior. Había perdido la iniciativa.

—Quiero a Ana. Pondré un anuncio en los periódicos para que todo el mundo sepa que quiero a Ana. Lo escribiré en las paredes de todos los pueblos de esta isla. Conseguiré decirlo a través de la radio, y si hay una emisora de televisión a través de las cámaras. Me instalaré en el lugar más concurrido con una pancarta con letras enormes: QUIERO A ANA. Lo gritaré por la calle de día y de noche. Llamaré tanto la atención que se hablará de ella en todas partes. Ana Alonso. Todo el mundo querrá saber el paradero de Ana Alonso. Vendrán periodistas hasta de la península.

Hice una pausa, jadeando, y me encomendé a Clint Eastwood mientras plagiaba una frase de sus viejas películas de Harry el Sucio:

—¿Eso le hace feliz?

No respondió. El disparo había dado en el blanco. Mi padre, en algún lugar, meneaba la cabeza aprobadoramente, de arriba abajo, con una gran sonrisa.

—He escuchado muchas veces todo eso de la familia —dije, golpeando en caliente—: que la familia es lo más importante en la vida, etc. Pero mi padre y mi madre están muertos. Y dudo que haya una persona en el mundo, de mi familia o no, a quien yo le importe lo más mínimo. Nadie. Yo formaré mi propia familia, cuando llegue el momento. Y eso no se hace con dinero. También mi padre ganaba mucho dinero a veces. Hubiera podido darle lecciones a usted. Y sin embargo, vivió solo casi toda su vida. No es el dinero: es el amor. Lo que impide que la gente se vuelva loca, la razón por la que de vez en cuando un desconocido me ha echado una mano, lo que me ha hecho venir hasta aquí...

Me detuve porque la rabia llenaba mis ojos de lágrimas, y no quería que me viesen llorar como un niño. Sólo había llorado una vez en toda mi vida, y no lo haría allí cuando el llegar hasta Ana dependía de mi valor para mantenerme firme. Por otra parte, me figuraba que había estado hablando atropelladamente y sin sentido, y apenas podía comprender que, en lugar de la sonrisa burlona que había esperado, el padre de Ana me mirase de aquella forma. Respeto. En sus ojos había ahora una gran dosis de puro y genuino respeto.

Me miró así durante un largo minuto, sin máscara, y la sombra de una sospecha cruzó por mi mente: ¿no sería él, después de todo, al igual que mi padre y que todos los estafadores, un comediante? ¿No habría estado representando su papel de hombre duro con el único objeto de...?

—Acompáñale al baño —ordenó apartando la vista de mí, quizá porque a pesar de todos mis esfuerzos había lágrimas en mis ojos—. Lávate un poco, Eduardo, te sentará bien. Luego podemos continuar.

Obedecí. Lo estaba necesitando. El hombre silencioso del traje azul me condujo a un pequeño cuarto de baño. No se oía ningún ruido en la casa. Estaba claro que no era allí donde vivían. Tal vez estaban usando esa casa sólo para entrevistarse conmigo. Abrí el grifo del agua fría y me mojé la cara una y otra vez. Mientras, le pregunté al del traje cómo habían sabido que yo llegaría por barco.

—No lo sabíamos. Ana le dijo a su padre que seguramente vendrías a La Palma. Se figuraba que él iba a permitir que os vieseis, pero lo que hizo fue contratar a un par de hombres para que montaran guardia en el aeropuerto; yo soy su chófer, trabajo para él desde hace mucho; a mí me encomendó vigilar el puerto. Teníamos que impedir que vieses a Ana, por lo menos hasta que él hablara contigo.

—¿Qué va a hacer ahora?

—No te lo diría aunque lo supiera. Yo estoy de su parte.

El agua no estaba fría. No estaba fría. En verano, en casi ningún lugar de España está tan fría como en Madrid. Pero aquélla tenía una temperatura por encima de lo normal. Templada, casi caliente. Un momento... ¿Qué me había escrito Ana acerca de un lugar donde el agua salía caliente de los grifos? ¿No se llamaba precisamente algo así como...?

Seguí al hombre de vuelta a la habitación donde nos esperaba el padre de Ana. En mi ausencia, algo había cambiado en la atmósfera. Una atmósfera, también, demasiado cálida. El nombre me llegó a la memoria de golpe.

—Fuencaliente —dije—. Es un sitio extraño para esconderse.

El padre de Ana me miró con ironía.

—Chico listo. Pero no me estoy escondiendo. Por ahora sólo hay algunas denuncias contra mí. Ningún juzgado me reclama todavía. Por lo demás, en una isla lo difícil es salir —yo pensé en el asesino de mi padre, capturado cuando intentaba abandonar Mallorca—, pero se puede permanecer bastante tiempo viviendo en paz sin que nadie te moleste. Y por cierto, como has visto, también se puede controlar fácilmente a los que llegan.

Me invitó a sentarme de nuevo, me ofreció un cigarrillo. Su sonrisa era distinta. Incluso, durante una décima de segundo, me recordó la de Ana.

—Sí, estamos en Fuencaliente. Cerca de esta casa, tan cerca que puedes llegar andando en pocos minutos, hay un volcán. Más allá hay otro que entró en erupción en 1971, y finalmente un faro. Es el extremo sur de la isla, la punta del triángulo. ¿Sabes cómo llaman algunos canarios a sus islas? El culo del mundo. Estamos en el culo del mundo, y yo no puedo volver atrás. Es cierto que aún no hay orden de detención contra mí, pero supongo que no tardará mucho en haberla. Es posible que sólo las vacaciones hayan impedido que se firme. Este país es así.

Suspiró. Al aspirar de su cigarrillo se le marcaban profundamente algunas arrugas en la cara. El padre de Ana, el obstáculo que yo debía salvar. Yo le miraba sin poder evitar un asomo de un sentimiento que en buena lógica estaba totalmente fuera de lugar: compasión.

—Bien, me iré mañana o pasado, con mi mujer. No quería llevarme a mi hija y obligarla a renunciar a todo lo que ha sido su vida hasta ahora. Pero, ¿con quién podía dejarla? Creo que conoces a mi madre. Si las dejaba a las dos solas, ¿quién cuidaría de quién? Y entonces Ana me habló de ti. Anoche mismo me dijo que quería quedarse para estar contigo. Yo no te conocía. Lo que sabía de ti no era precisamente un buen aval. Necesitaba ponerte a prueba, darte una oportunidad de demostrar cómo eras. Había una posibilidad de que a pesar de tu edad fueses ya un hombre, alguien en quien se pudiera confiar. Si no lo eras, pensaba darte algo de dinero y ocuparme de que te fueses sin hablar con nadie. Pero si resultabas ser digno de Ana...

Me miró con una inesperada sonrisa que me colocaba a su altura. El dragón se rendía.

—Más allá de esos volcanes, al lado del faro, encontrarás una pequeña cala de piedras negras. El camino no es fácil, tardarás más de una hora en llegar. Conviene que te pongas cuanto antes en marcha.

—¿Quiere decir que Ana...?

Asintió con un movimiento de cabeza.

—Te espera. Aguarda, tengo algo más que decirte. Quiero que conozcas mis planes. Voy a arreglarlo para que vuelva con mi madre; ella tiene que seguir aquí, continuar sus estudios. La abuela y ella podrán ayudarse mutuamente. Pero mi madre no siempre estará en condiciones de cuidar de Ana. Me gustaría que fueses mayor de lo que eres para poder pedirte esto, pero sé que puedo confiar en ti. Quiero pedirte que tú también cuides de Ana. ¿Lo harás?

—Lo prometo.

Me tendió la mano, la estreché. Apretaba con fuerza. Podía ser un estafador pero, al igual que mi padre, miraba de frente.

—Siento haber sido brusco contigo. No tenía tiempo para probarte de otra manera. Ahora ve con Ana.

18

El paisaje no se parecía a nada que yo hubiese visto. El suelo era de lava, negro y caliente. Apenas había vegetación. Los lagartos se cruzaban en mi camino. El aire era también caliente. Subí al volcán más próximo para hacerme una idea de la distancia que me separaba de la costa. En lo alto del cráter soplaba un viento tan fuerte que hubiera podido derribarme.

El océano relucía centenares de metros más abajo. No había una línea del horizonte: el mar se confundía con el cielo en una franja de bruma que me produjo la impresión de estar en el fin del mundo, en esa zona donde acababan los mapas medievales con la leyenda «Más allá hay monstruos».

En el fondo del volcán, entre la lava, había crecido un bosquecillo absurdo y conmovedor que parecía un espejismo. Contemplándolo pensé por primera vez que el camino recorrido no era sino el primer paso; lo cierto era que apenas nos conocíamos, que nuestro amor era aún vulnerable y no había tenido que soportar más pruebas que una separación prematura. Tenía, cuando por fin estaba tan cerca de Ana, un temor que no era capaz de definir.

Apresuré el paso bajo un sol cada vez más alto, con el viento silbando en mis oídos.

El último trecho del camino hasta la cala era muy empinado y me permitió ver a Ana antes que ella a mí. Estaba sentada de cara al mar en la solitaria cala, en una extraña postura como si se abrazase las rodillas, y tenía un aire de fragilidad que nunca antes había advertido en ella, y al mismo tiempo emanaba de las líneas de su cuerpo una tranquila seguridad en sí misma. Ella me había confesado que necesitaba tener a su lado a alguien, y pensé que ésa era la necesidad de los fuertes, de los que saben compartir.

Me detuve para admirarla. El mundo entero se detuvo conteniendo la respiración, y los sonidos y el viento quedaron en suspenso porque aquél era el segundo decisivo del que dependía el resto de mi vida.

No había nadie más en la cala, y eso en sí ya era un pequeño milagro. El mar hacía rodar las piedras de la orilla, que brillaban negras y pulidas como frutos exóticos. Ana llevaba un vestido de algodón de color arena que dejaba su espalda al descubierto. Di un paso más. Me oyó, se volvió y nuestras miradas se encontraron.

Recuperé el brillo de sus ojos infinitamente verdes, de su pelo aclarado por el sol y el mar, de su sonrisa. Su sonrisa. Sin palabras, me dijo todo lo que era preciso decir: que yo era bienvenido pero que debía ser prudente y tomarme mi tiempo, que nada nos ataba. Seguí avanzando, muy despacio, y me detuve frente a Ana, sin abrazarla aunque me moría de ganas de hacerlo.

—Tenía miedo de que te asustaras al saber lo de mi padre y no quisieras saber nada más de mí.

—¿Por qué iba a asustarme?

—Eres demasiado joven —dijo.

—Quieres decir demasiado crío —respondí de mal humor.

—Demasiado joven. Tengo tres meses más que tú —acentuó su sonrisa—. Además, entre nosotros no hay nada. Sólo nos hemos dado cuatro besos.

¿Así echaba por tierra lo que para mí había sido el comienzo del gran amor de mi vida?

—Muy bien. Muy bien —gruñí, sin encontrar absolutamente nada que estuviese muy bien.

Di media vuelta. Era la cosa más idiota que podía hacer, pero era la única de que en ese momento me sentía capaz. Para ella lo nuestro sólo había sido un asunto sin importancia... Anduve varios pasos furiosamente, con la cabeza baja. Ella no me llamó. Iba a dejar que me fuese sin añadir una palabra, y eso me resultaba intolerable. Me giré de nuevo hacia ella.

—Dijiste que me querías —recordé, como una acusación.

La miré a los ojos. Estaba preciosa. Reparé en sus pies descalzos y morenos, en los que no me había fijado nunca, y me dieron ganas de tirarme al suelo y besarlos. El pecho me dolía como si llevase mucho tiempo sin dejar que entrara el aire en mis pulmones.

—Y te quiero.

—¿Qué?

No podía entender lo que se proponía.

—Te quiero —repitió.

—Anuska...

En sus pestañas brillaban diminutas gotas como aquel otro día, nuestro primer día.

—No voy a pedirte que te quedes conmigo.

De modo que era eso. El orgullo. Éramos iguales, y ella aún no lo sabía, y me hablaba como le hablaría a alguien que no pudiera entenderla.

La brisa agitó sus cabellos e hizo ondear su vestido. Di un paso desandando la distancia que había interpuesto entre nosotros.

—No sé qué te habrá dicho mi padre. Yo tomo mis propias decisiones. Decidí que nunca dependería de nadie. No necesito tu compasión.

«Yo formaré mi propia familia», le había asegurado yo al padre de Ana, porque nunca, nunca había tenido una verdadera familia y porque llegar a tenerla era precisamente lo que más deseaba.

—He venido a buscarte, y no me iré sin ti —declaré.

—Pero...

—Yo no me separaré de ti. Y tú sabes que no es compasión. Es amor.

—No puedes tomar una decisión así, sin tiempo para pensarlo.

—Ya lo he pensado.

—Tendríamos que enfrentarnos a muchas cosas, a todo el mundo.

—¿Los dos juntos? Estupendo.

Cerró los ojos y me aproximé muy despacio y besé su frente, y sus párpados, y nuestros labios se encontraron, y la abracé.

Y fue como si la costra dura y fría que había rodeado mi corazón desde la muerte de mi padre se rompiese por fin. Para nosotros, todo comenzaba de nuevo en aquel instante, más valioso que un final feliz, porque era un principio, una vida entera por vivir.

Índice

MANUEL L. ALONSO

Escritor y viajero desde siempre, comenzó a publicar
relatos de misterio y terror siendo todavía adolescente.
Desempeñó los trabajos más diversos dentro y fuera
de la literatura. Fue periodista, crítico de teatro y
de cine hasta 1979, año en que comenzó su dedicación
exclusiva a la literatura. Ha vivido en casi todas
las regiones españolas. Sus relatos cortos y sus libros
infantiles abarcan todos los géneros, del humor
al terror. En los últimos años le interesa especialmente
la literatura juvenil. Premio Altea, finalista del Premio
Internacional Europa, Lista de Honor de la CCEI,
Premio Jaén... Sus libros, muchos de ellos traducidos
a otros idiomas, son más de veinticinco.

CARTA AL AUTOR

Los lectores que deseen ponerse en contacto con el
autor para comentar con él cualquier aspecto de este
libro, pueden hacerlo escribiendo a la siguiente
dirección:

Colección ESPACIO ABIERTO
Grupo Anaya, S. A.
Juan Ignacio Luca de Tena, 15. 28027 MADRID